手绘POP宝典·变体字

阳洁 喻娟 编著

安徽美术出版社

阻洁

网名：胡说八道

创建：兼程计划网络传媒

　　中国POP设计联盟

闲下来的时候，总想找点事做，思来想去，却总也没有想好一个目标。不知是哪一天鬼使神差地闯进POP的行列，说不上做得如何出色，只是不愿意轻易放弃。有人说是固执，有人说是无奈，其实这是一种执着，一种承诺……

喻娟

网名：红木棉

职业：外企职员

爱好：自助游、登山、流行资讯

透过浅蓝色的明净玻璃窗，夏日阳光随意洒落在窗台上。窗外的樟树，窗台上的小盘栽，都在快乐地成长，渴望每天伴着这样的好心情出门，上班下班，平淡而忙碌的生活周而复始，让我渐渐学会微笑与承受。

不让忙碌成了懒惰的借口，不让最初的梦想消失无踪，自由平静的生活不会只是想想而已，偶尔给自己的心放个长假，享受生命中的海阔天空，让一切变得自然纯净……

人生就像一条抛物线，在起起落落之间，总能找到一个平衡点。

前言

PREFACE

《手绘POP宝典·变体字》精选了常用汉字，具有一定的代表性、权威性、收藏性和参考作用，是手绘POP爱好者必备之书。通过对本书中字体的临摹与练习，相信广大手绘POP爱好者会从中领悟到变体字的特点，受到一些启示，得到一些帮助。

由于水平和时间有限，在编辑的过程中难免会出现差错和漏洞，在此希望广大读者提出宝贵的意见和建议。让我们携手并肩，共同努力，把更多、更好、更精、更美的手绘POP书籍奉献给大家。

本书在编写的过程中得到了镜子、马月、海夫的大力支持，在此表示衷心感谢！

目录

POP变体字的特点及基本书写方法 1
A 3
B 4
C 10
D 17
E 22
F 23
G 27
H 32
J 38
K 49
L 53
M 61
N 66
O 69
P 69
Q 74
R 79
S 81
T 88
W 91
X 93
Y 96
Z 107

中国POP设计联盟

CONTENTS

POP变体字的特点及基本书写方法

一、POP变体字的特点

结合正体字的书写规则，并从中剥离出来，打破成规，运用粗、细笔法，使文字变得更有立体感，力度适中，且不乏动感。POP变体字可运用于大量POP海报标题的书写，易学易写。掌握好POP变体字的运笔规则和写法后，可大大提高工作效率。

二、POP变体字的书写工具

POP变体字常用记号笔、水性马克笔来书写。

三、POP变体字的书写规则

为便于初学者理解，POP变体字基本笔画书写规则按顺序说明（如竖画写好后将笔反转开始写横画，以此类推）。

粗竖：自然握笔，无须太紧，笔宽下横截面落于纸上，然后迅速向下直拖成竖画。

粗横：将笔反转，使笔宽上横截面落于纸上，然后向右斜拉成横画。（注：倾斜10度。）

撇：将笔反转，使斜形截面的上尖部落于纸上，食指用力斜向下画小弧，然后顿笔向上提成钩，形如书法中的弯钩。

捺：握笔方式同“撇”，笔尖落于纸上，斜向下直拖一小笔。形如书法中的斜点。

横折弯钩：笔尖落于纸上，食指用力斜向下画弧钩，多用于“口”偏旁。

细横：笔尖落于纸上，微斜向右迅速拖直成横。

细竖：笔尖落于纸上，微斜向下拖成竖，有时也可带钩。

细点：笔尖落于纸上，微斜向下拖，然后向左上提成钩，形如书法中的捺点，多用于“水”偏旁。

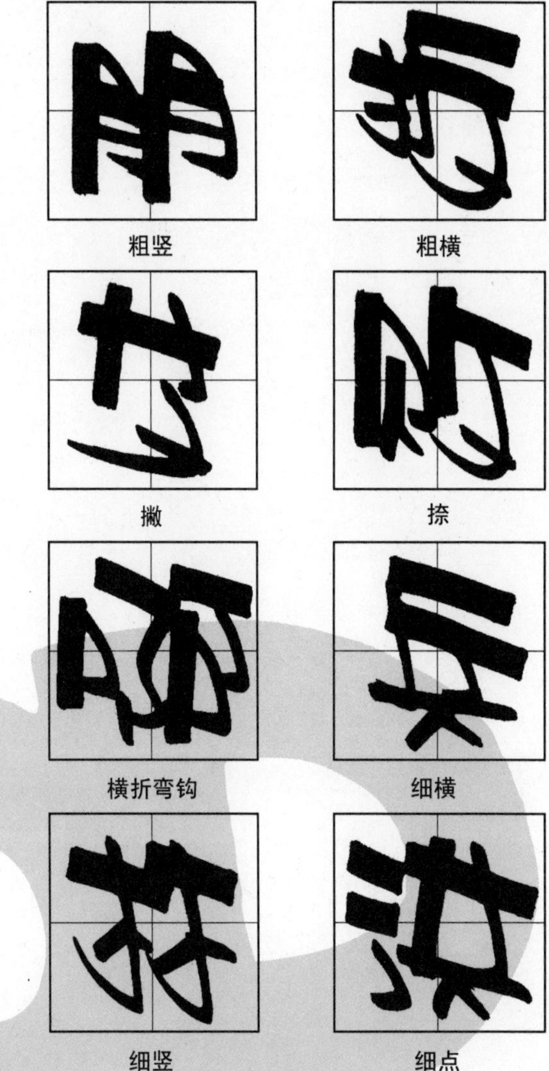

粗竖 粗横 撇 捺 横折弯钩 细横 细竖 细点

四、POP变体字的字体结构

字体结构是字的骨架，书写POP变体字时需根据字体结构调整笔画粗细及部首的大小，并注意部分与部分之间的紧凑感。以下就几种字体结构举例说明。

1.左中右结构

左中右结构的字体一般中间稍大，左右稍小，可达到平衡效果。

2.左右结构

左右结构的字体缩小左边，放大右边，让字体看起来更有趣味性。

3.上下结构

上下结构的字体一般上部较大，下部较小，但也需根据笔画多少确定比例。

4.半包围结构

半包围结构的字体一般外包围部分缩短些，内包围部分放大些，使字体看起来更可爱。

5.独立结构

独立结构的字体分笔画较少字和笔画较多字，笔画较少字体结构较难把握，为稳定字体的结构，不让字体显得太"瘦"，尽量少用细笔画书写，作些穿插即可。笔画较多的字体则少用粗笔画，粗笔画作主干支撑即可。

左中右结构

左右结构

上下结构

半包围结构

独立结构

小贴士

1.POP变体字的随意性较大，基本笔画书写规则并非所有的字都可套用。

2.笔画较多的字，粗细笔画的排列很重要。

3.切忌将笔画写得软绵绵，如果写不出力道，只会达到适得其反的效果，头重脚轻，没有骨架支撑。

4.干脆利落完成每一笔，绝不拖沓。

5.在不断的练习过程中用心体会，找出更多的规律性，举一反三，熟练之后，即可写出属于自己的POP变体字。

A

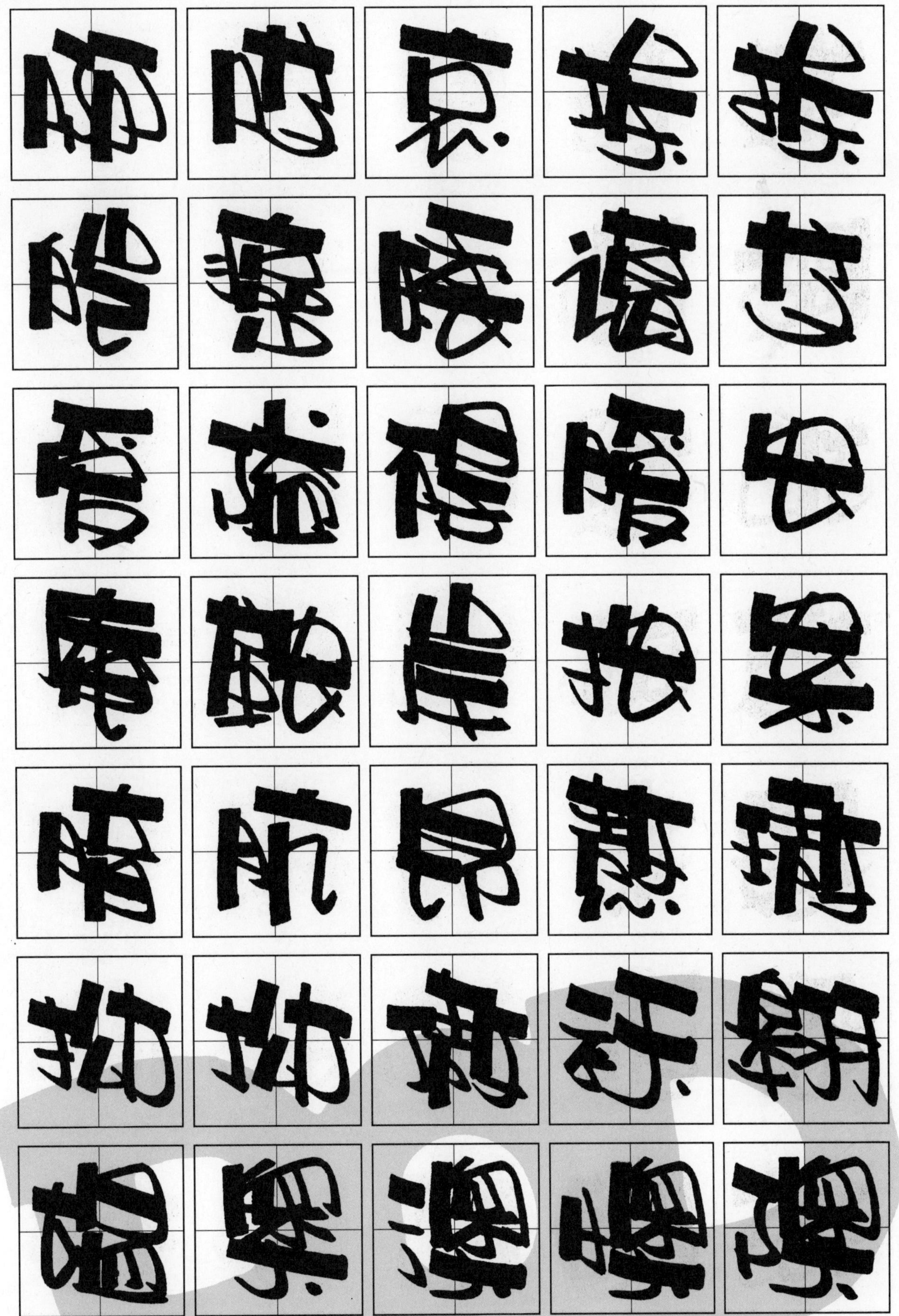

B

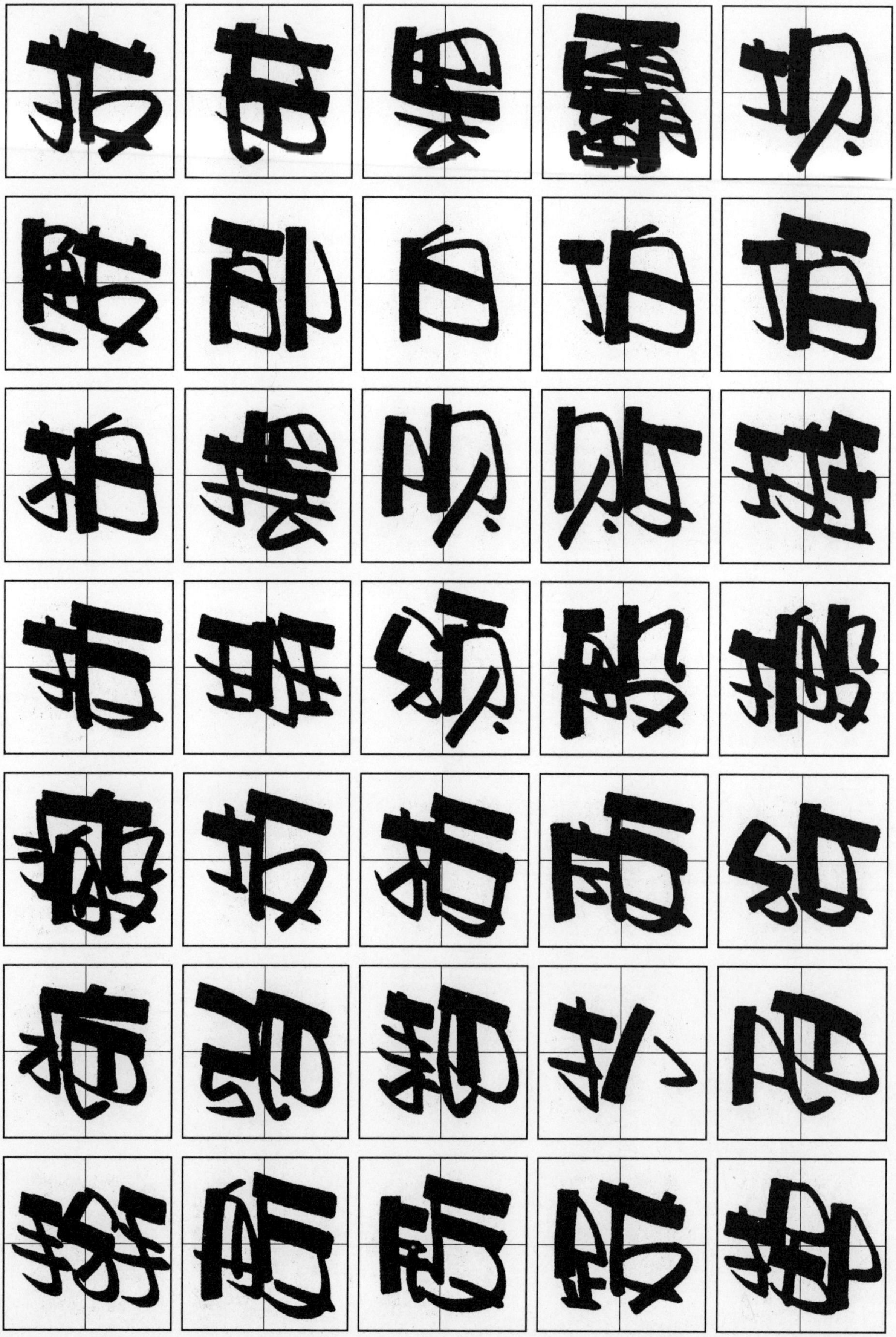

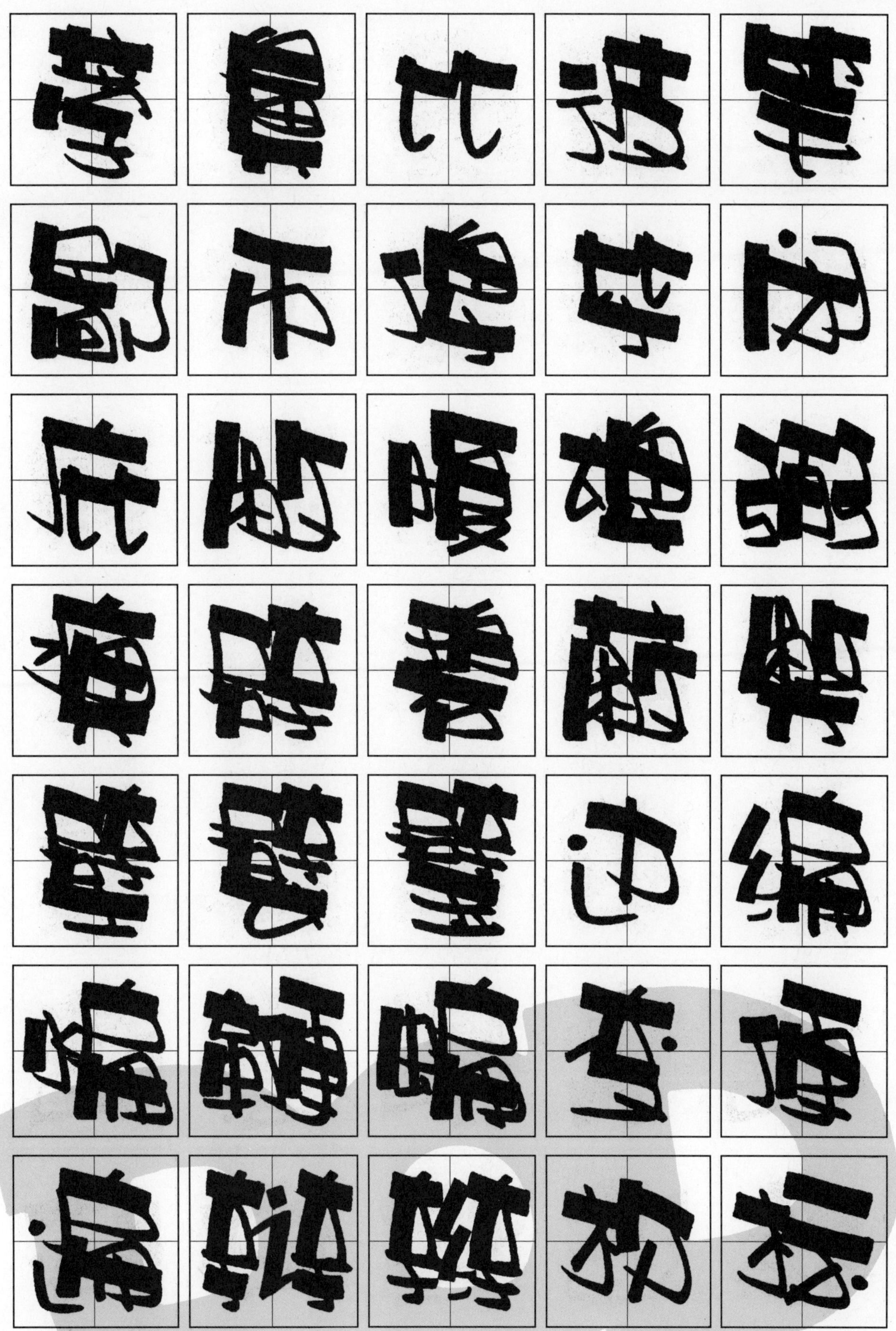

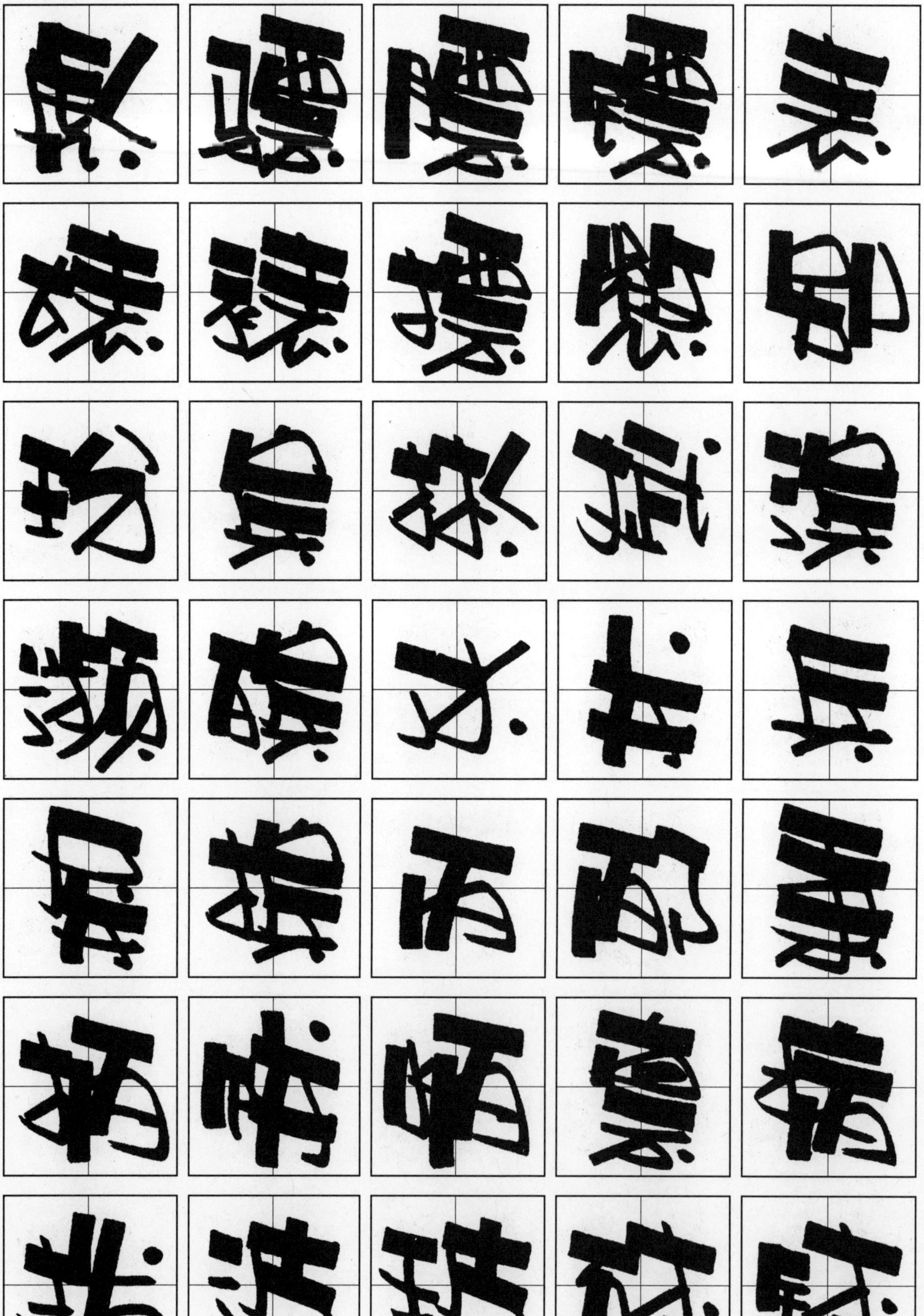

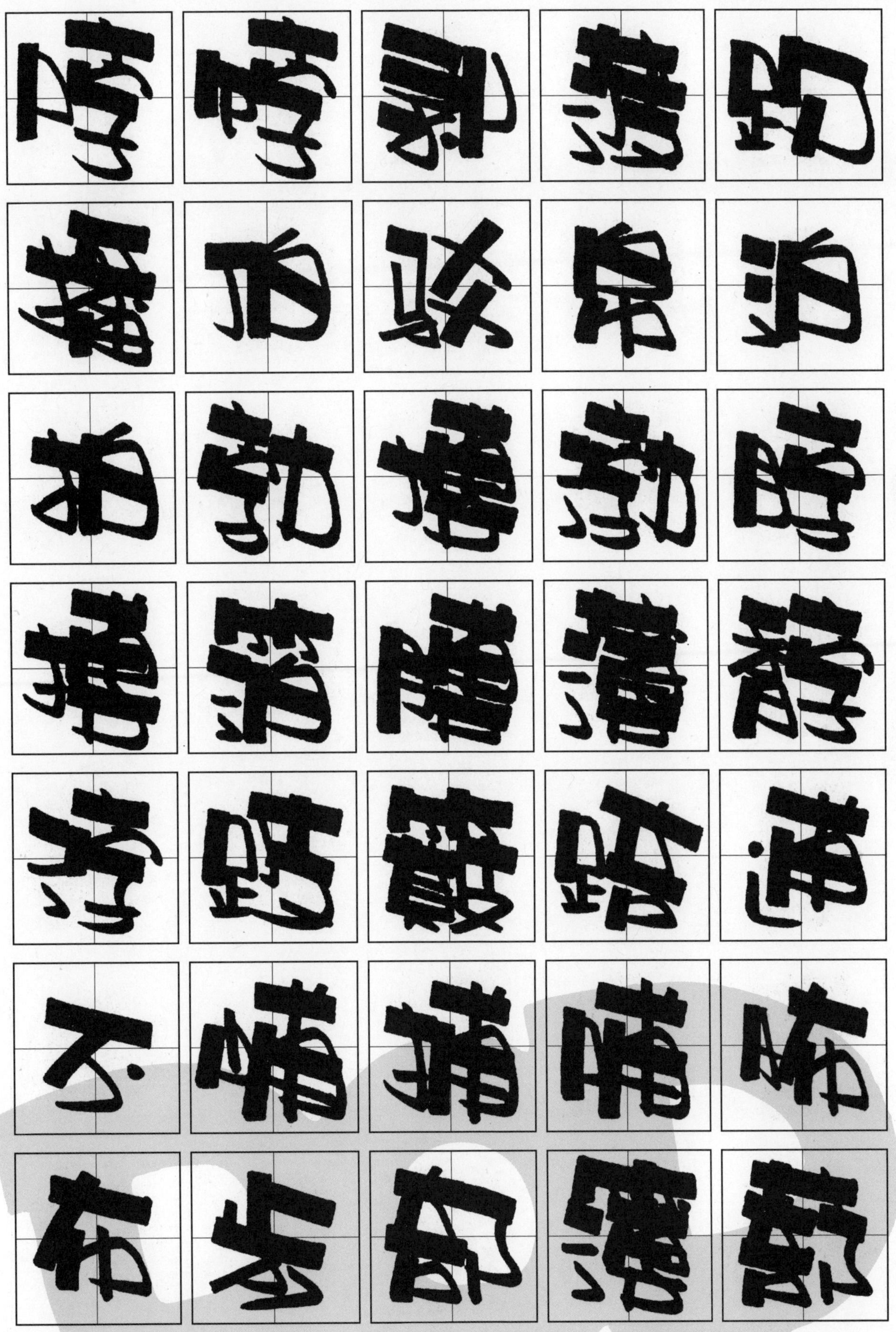

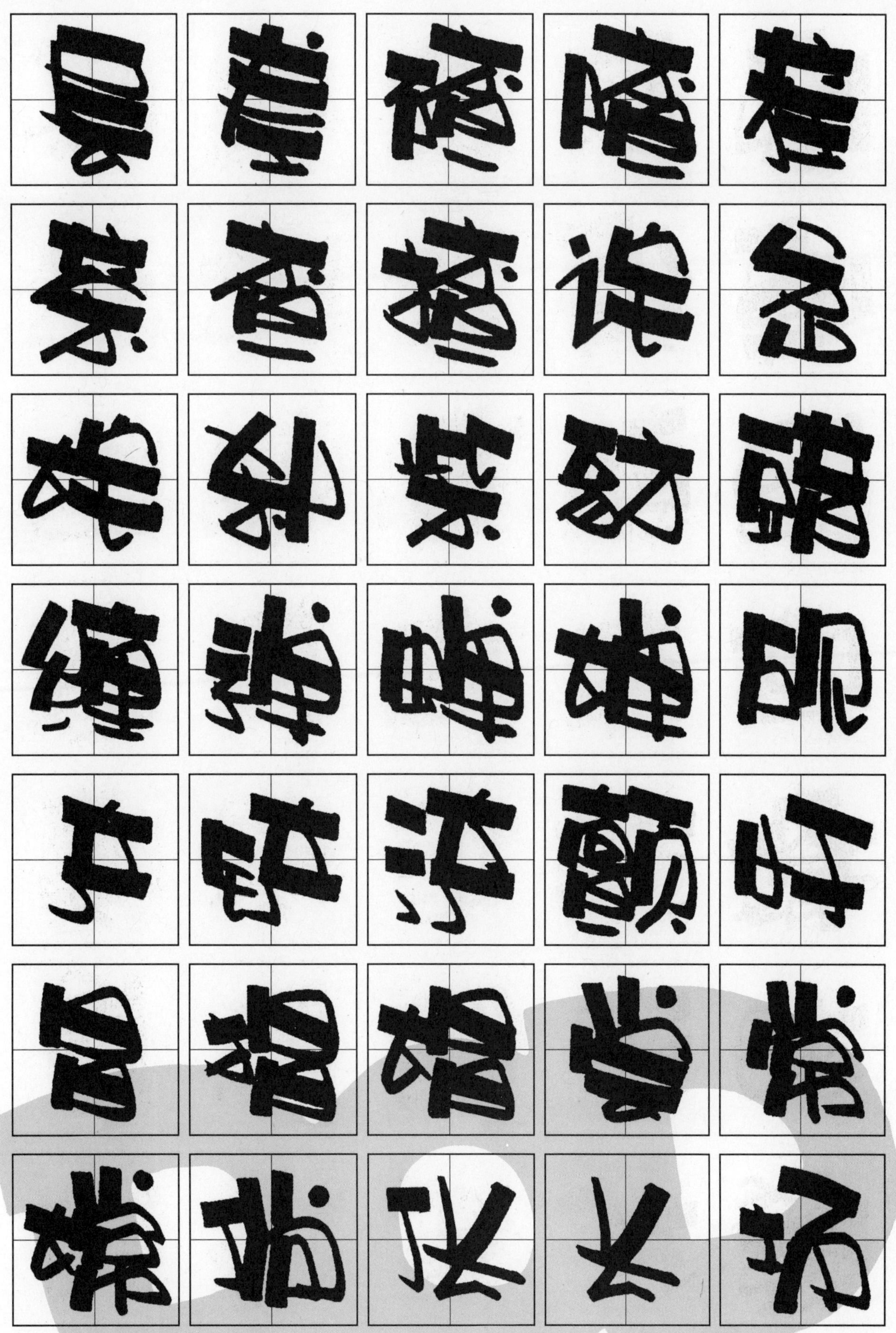

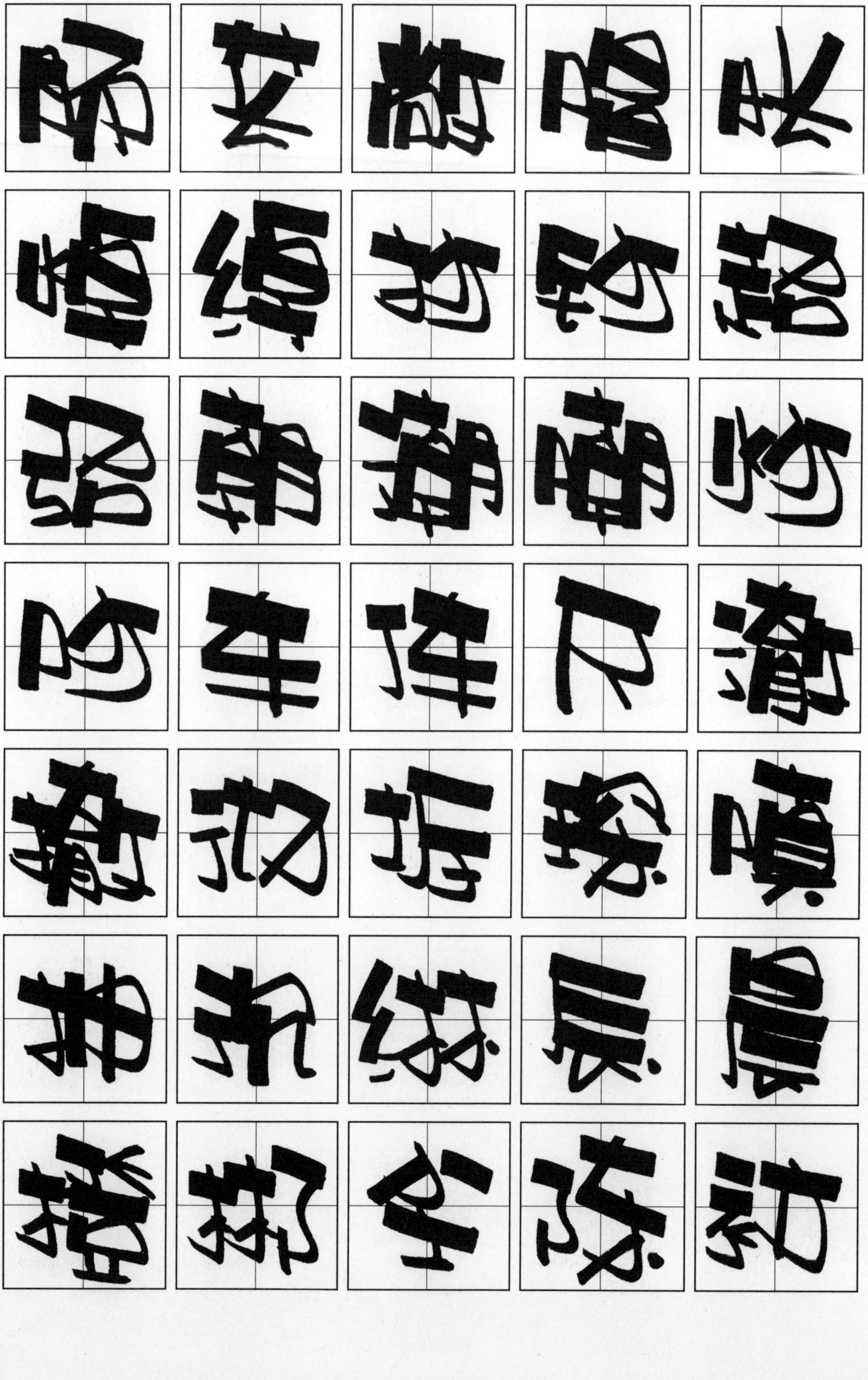

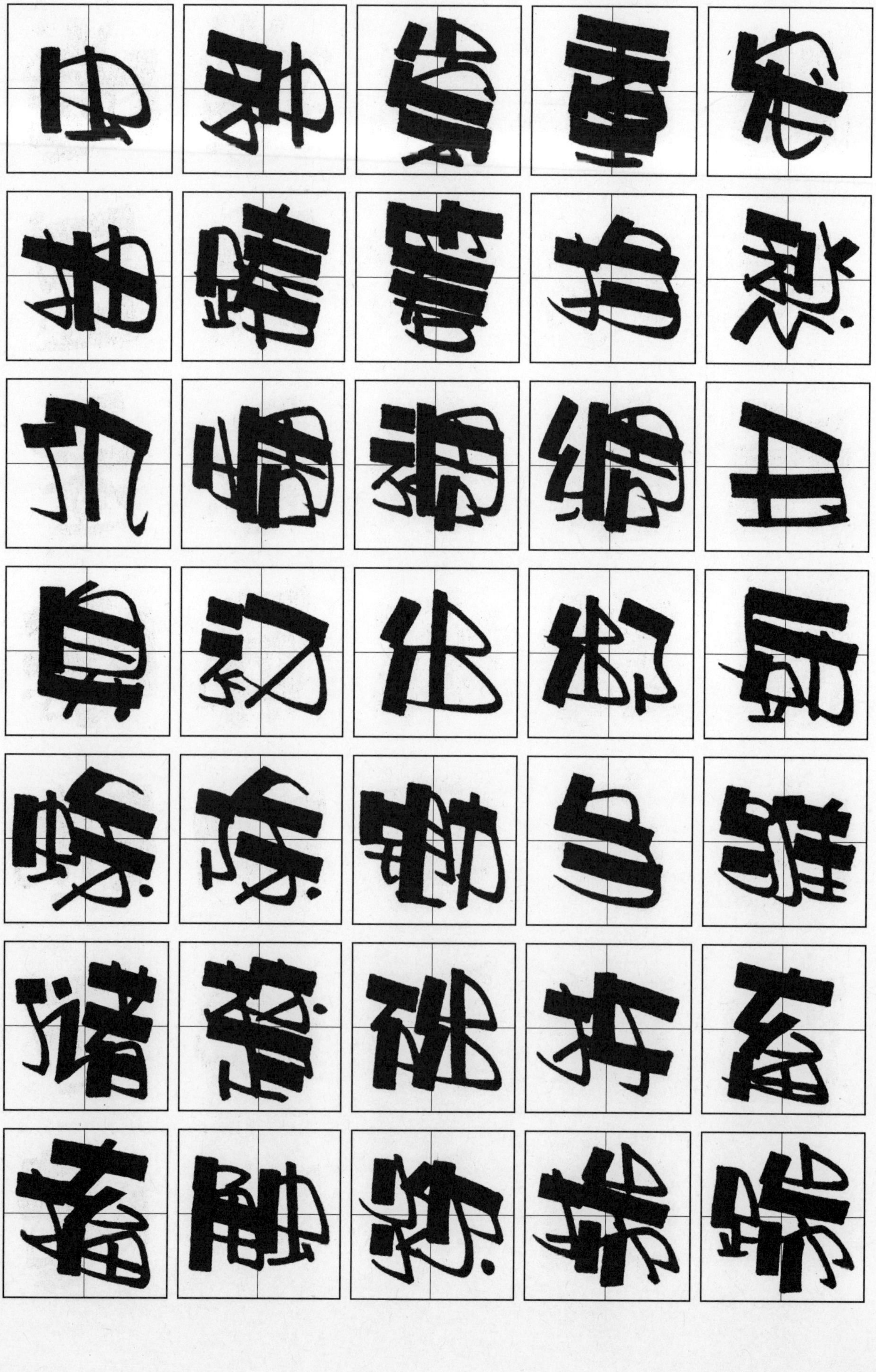

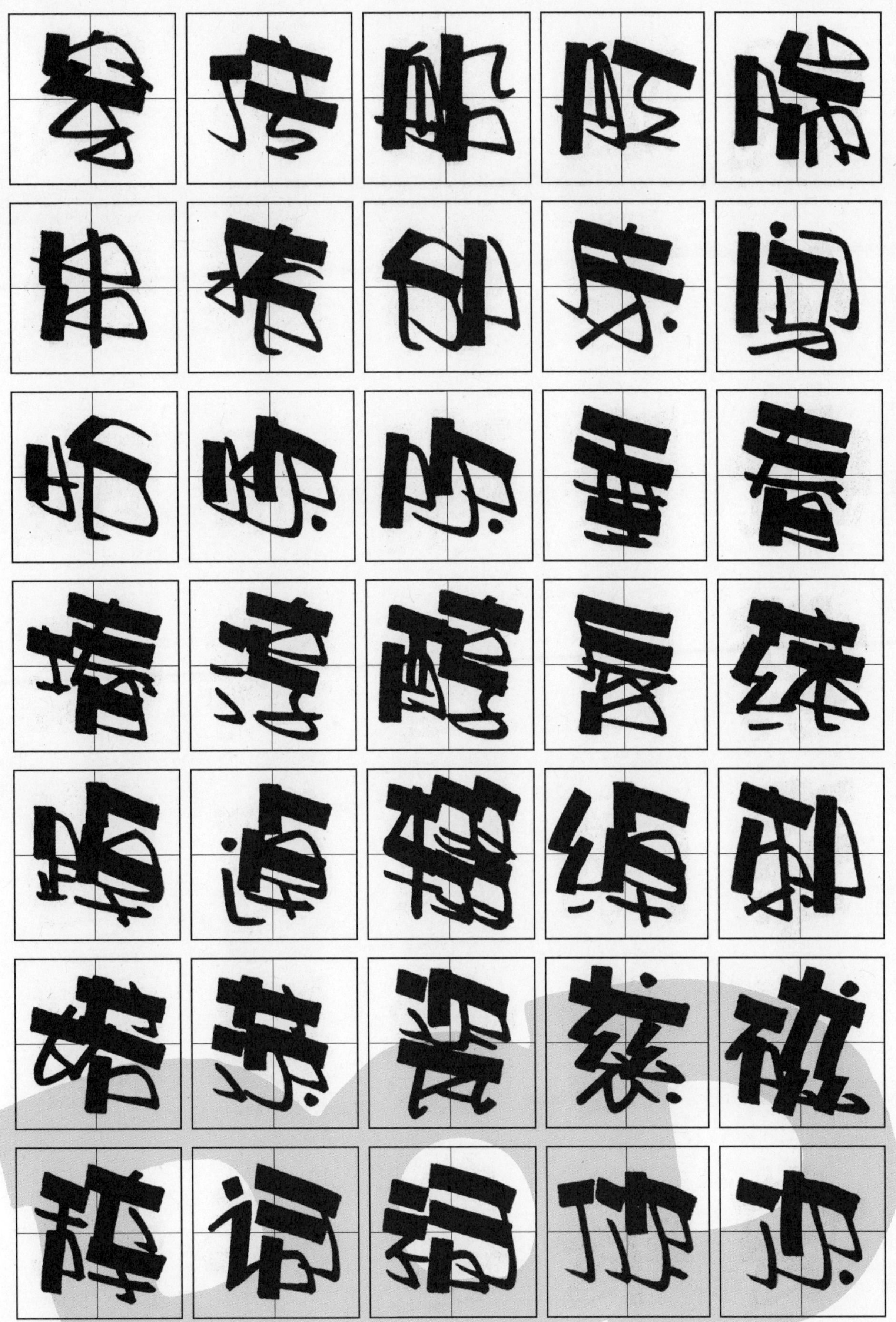

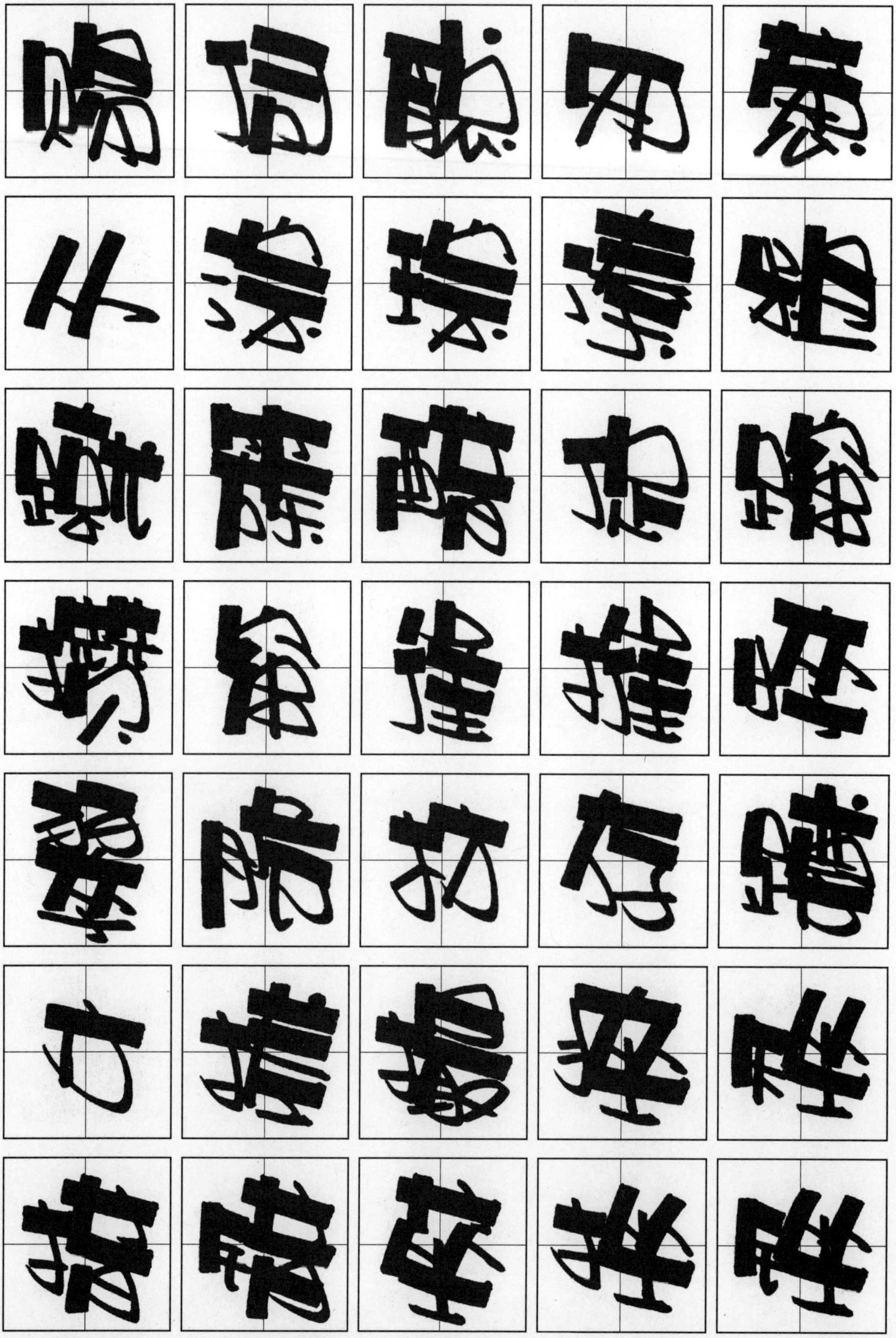

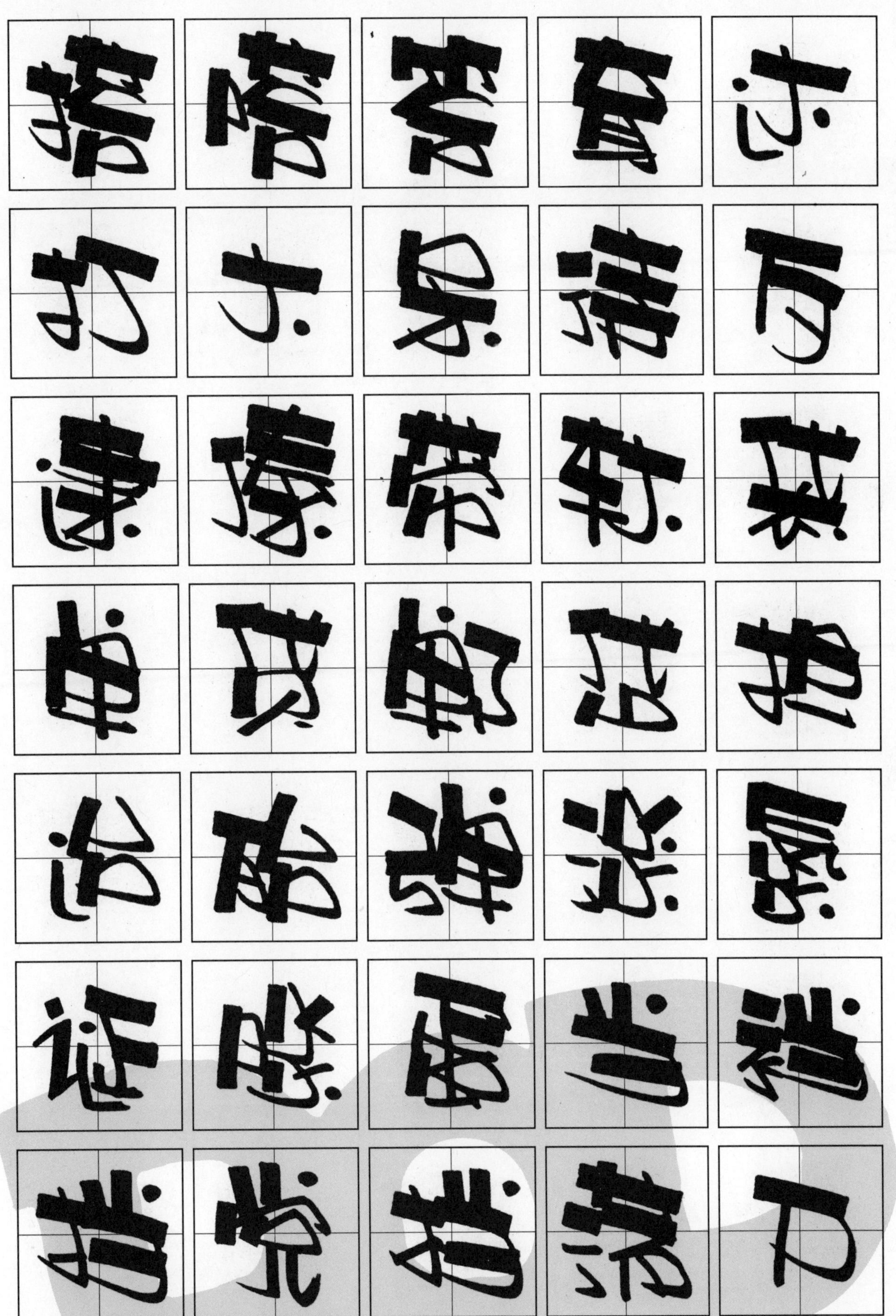

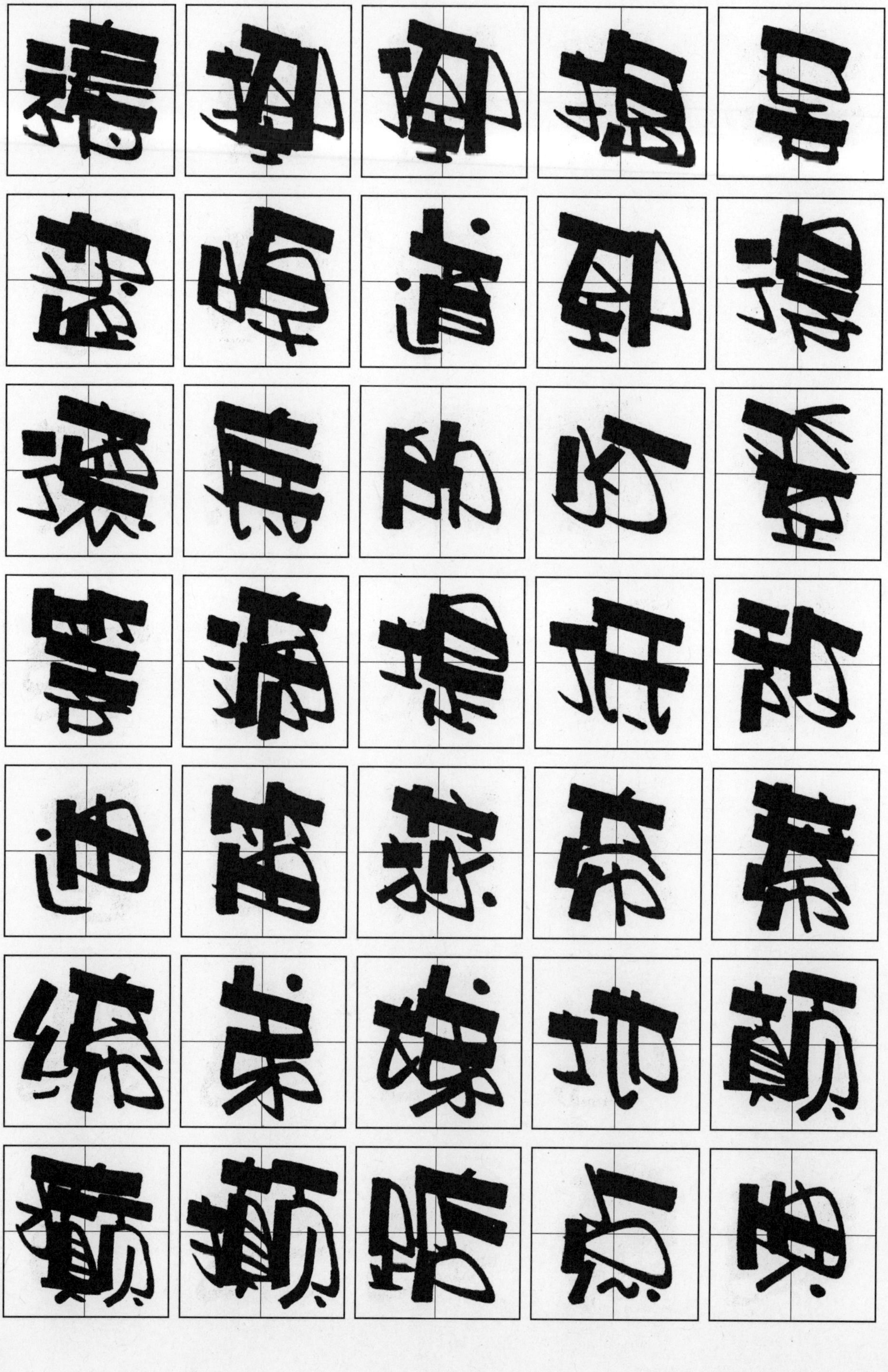

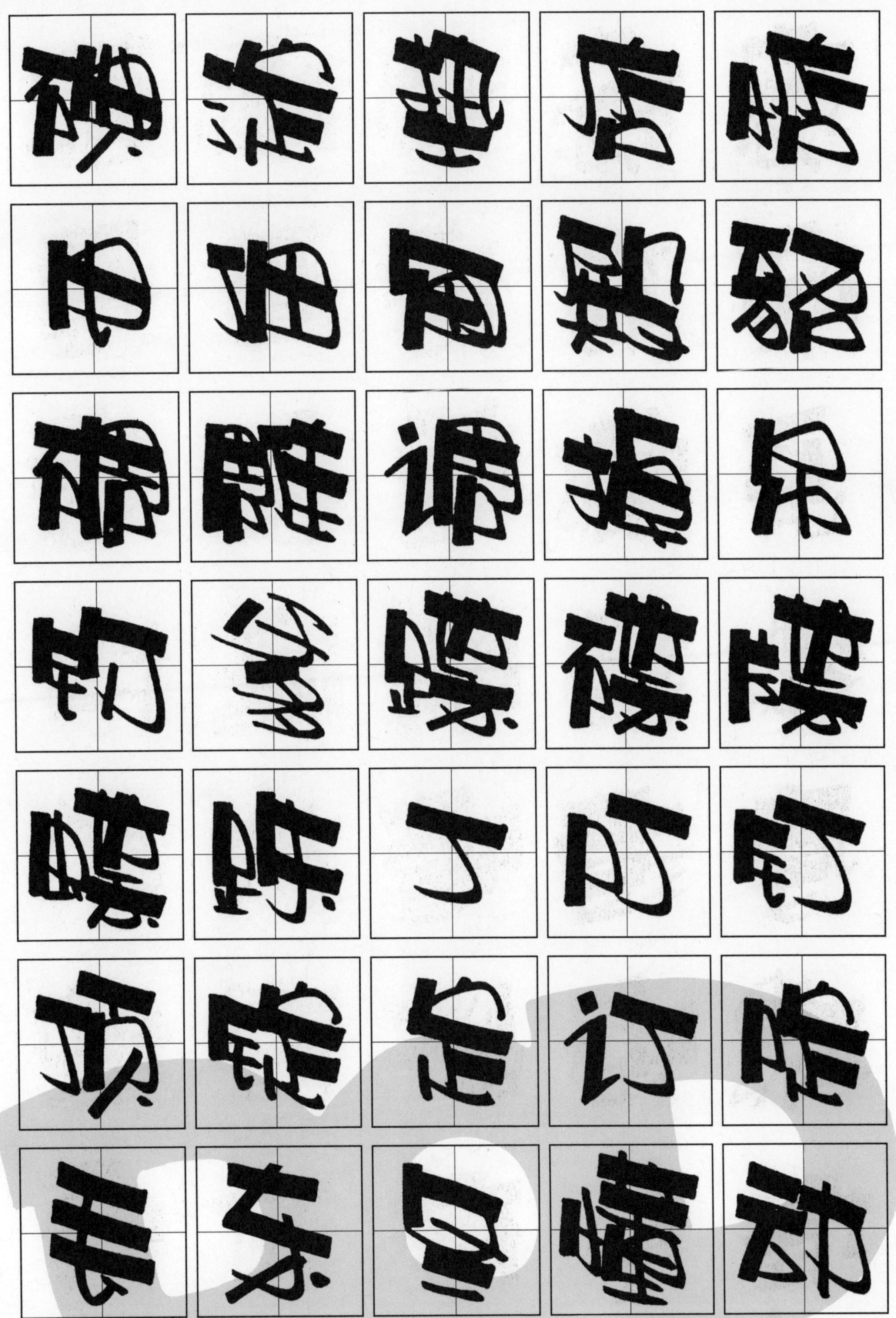

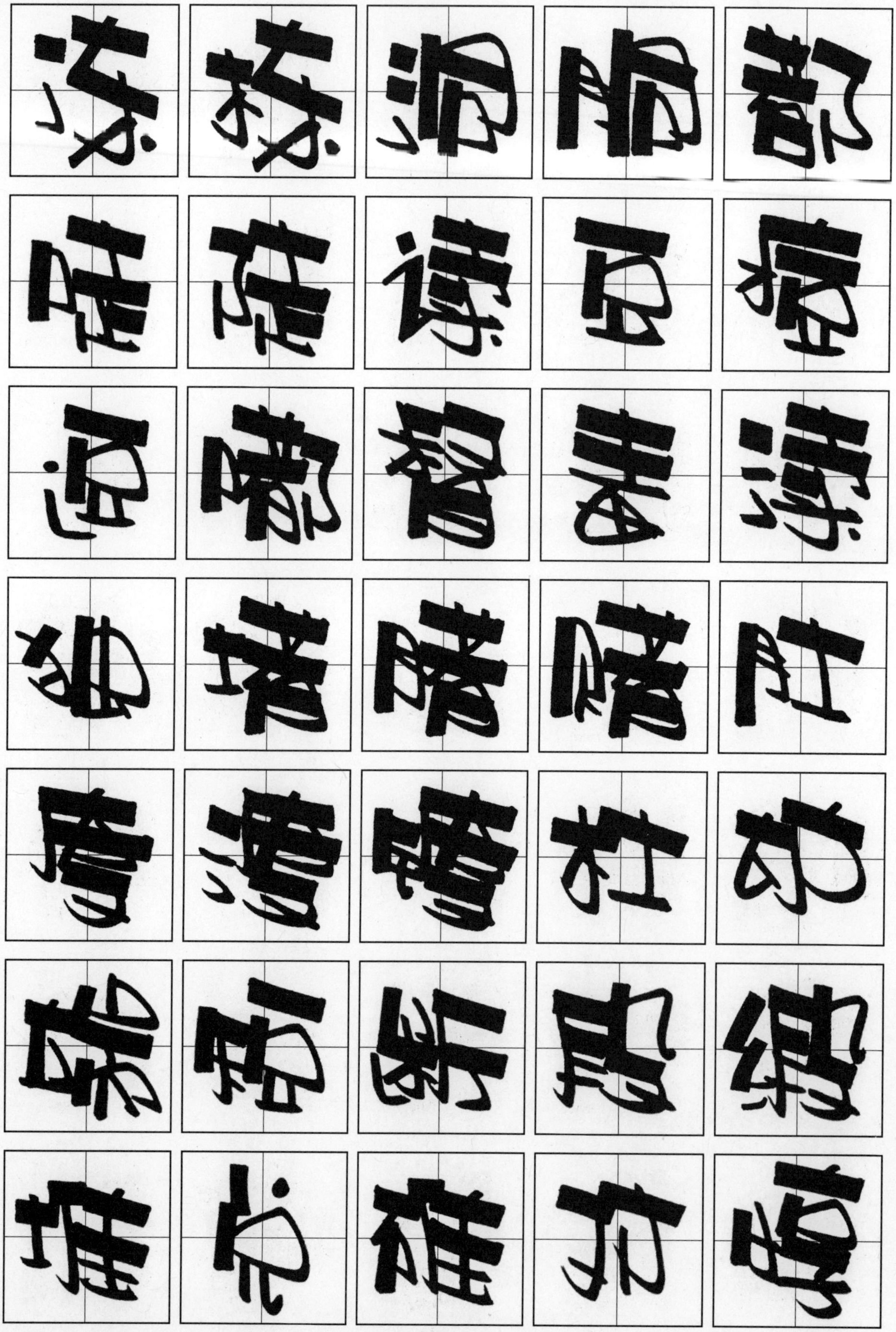

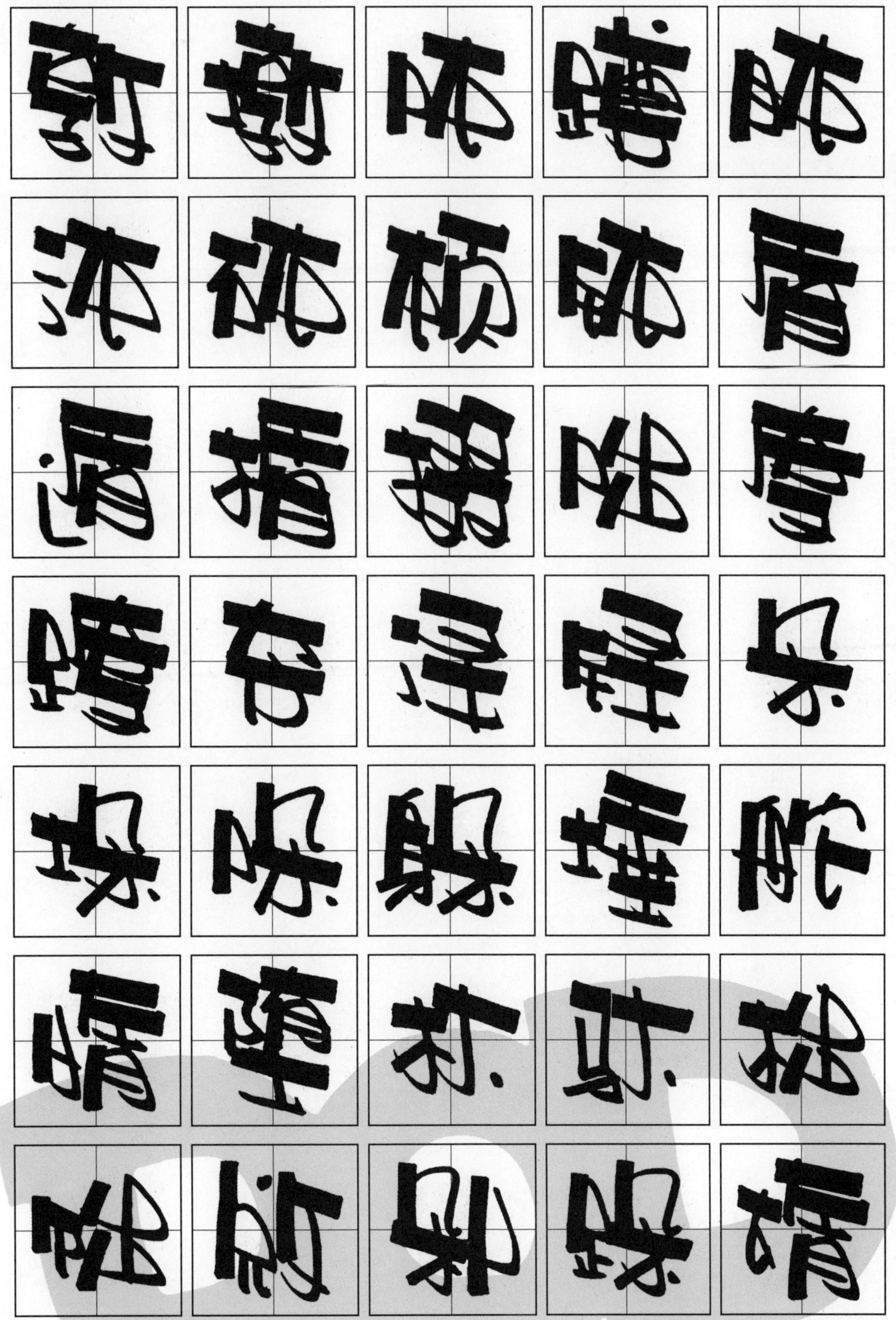

E

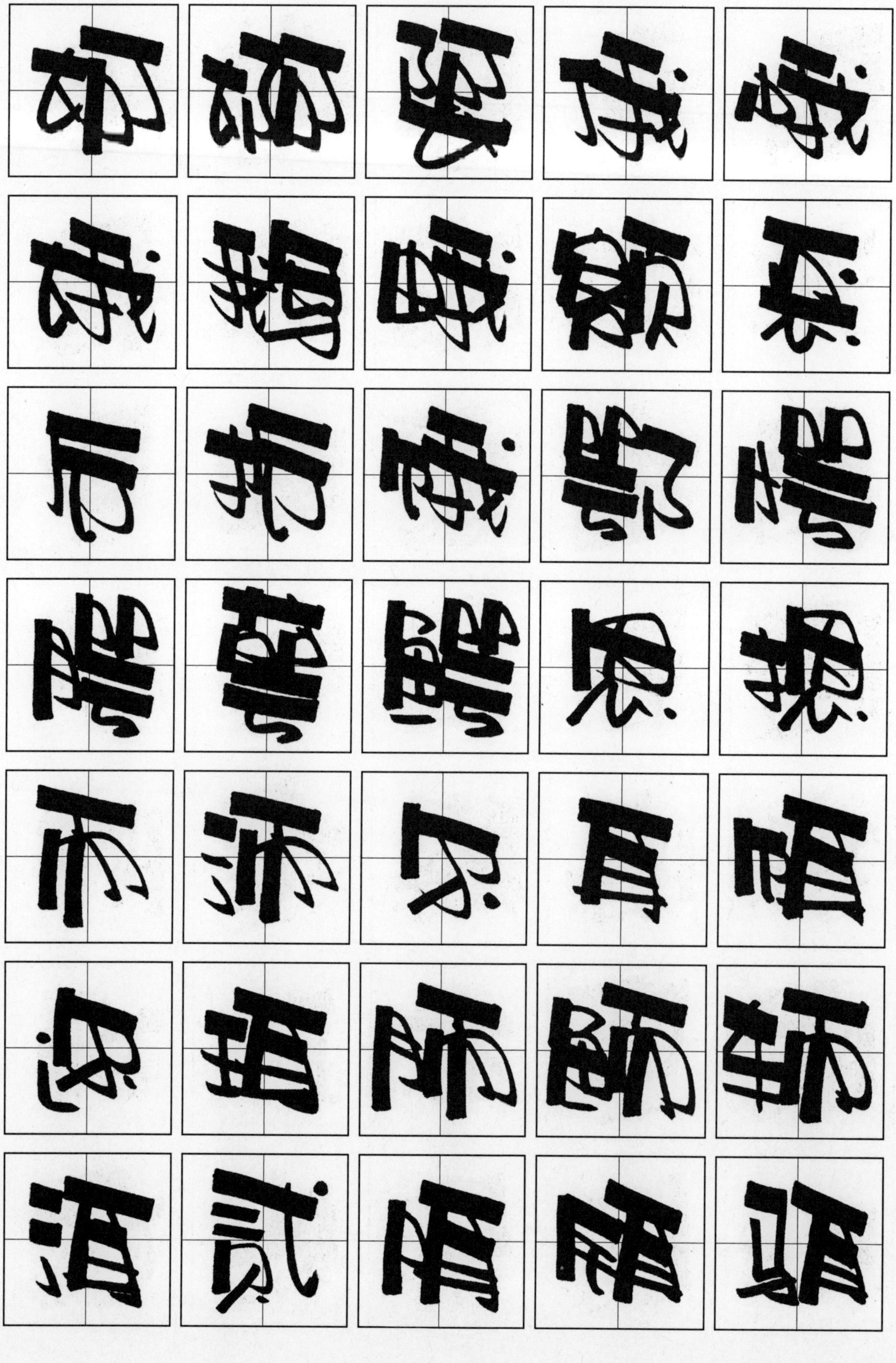

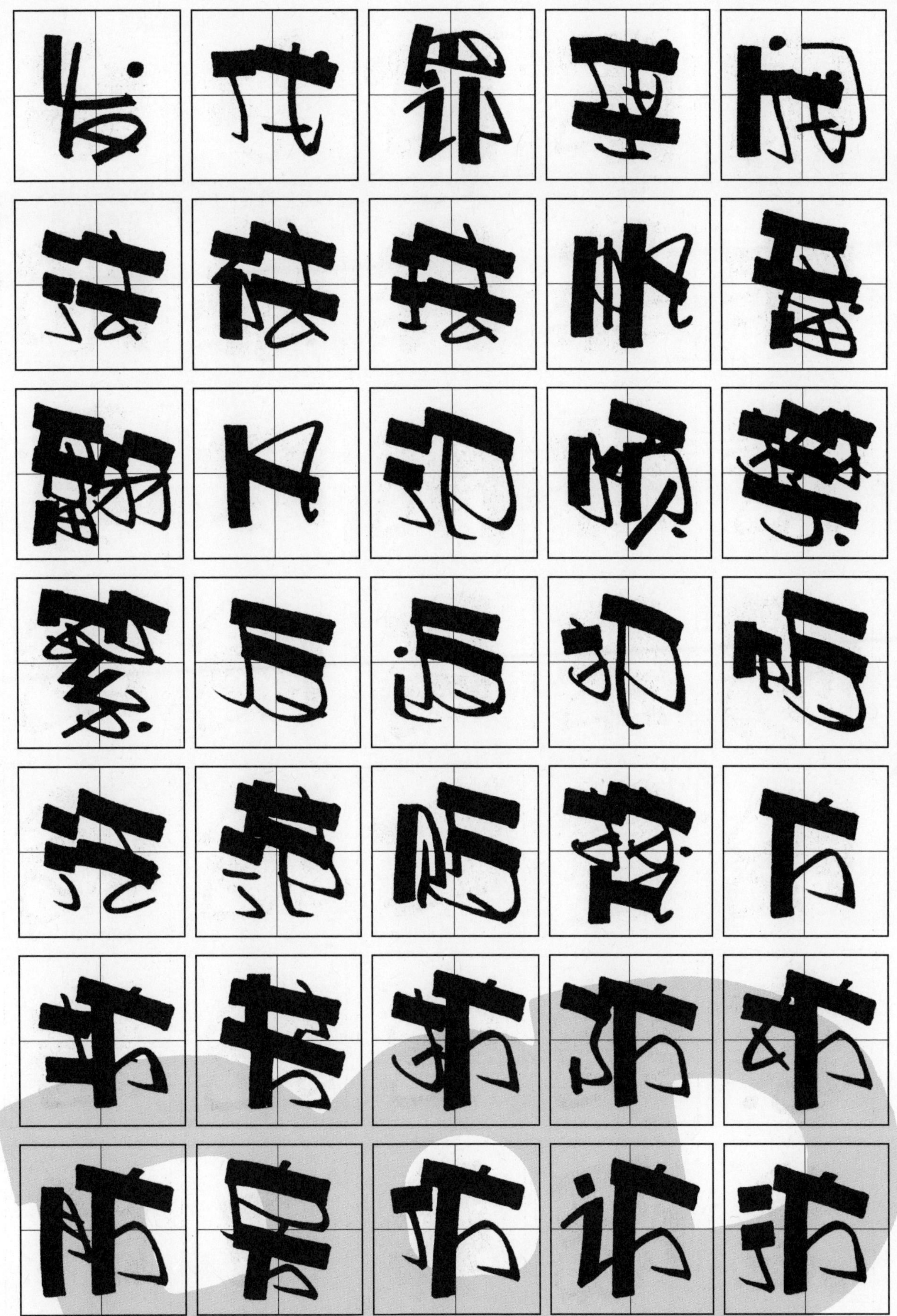

F

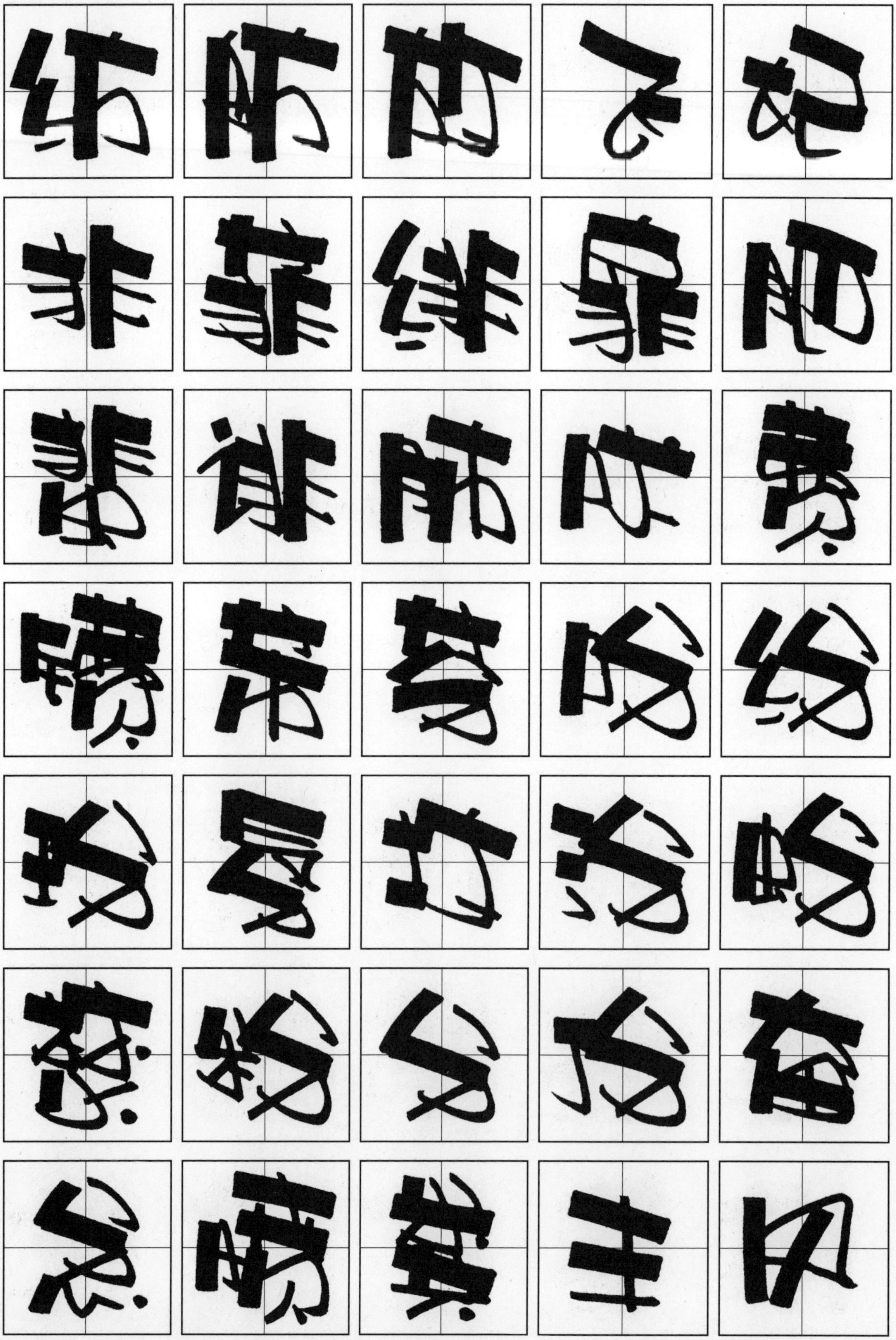

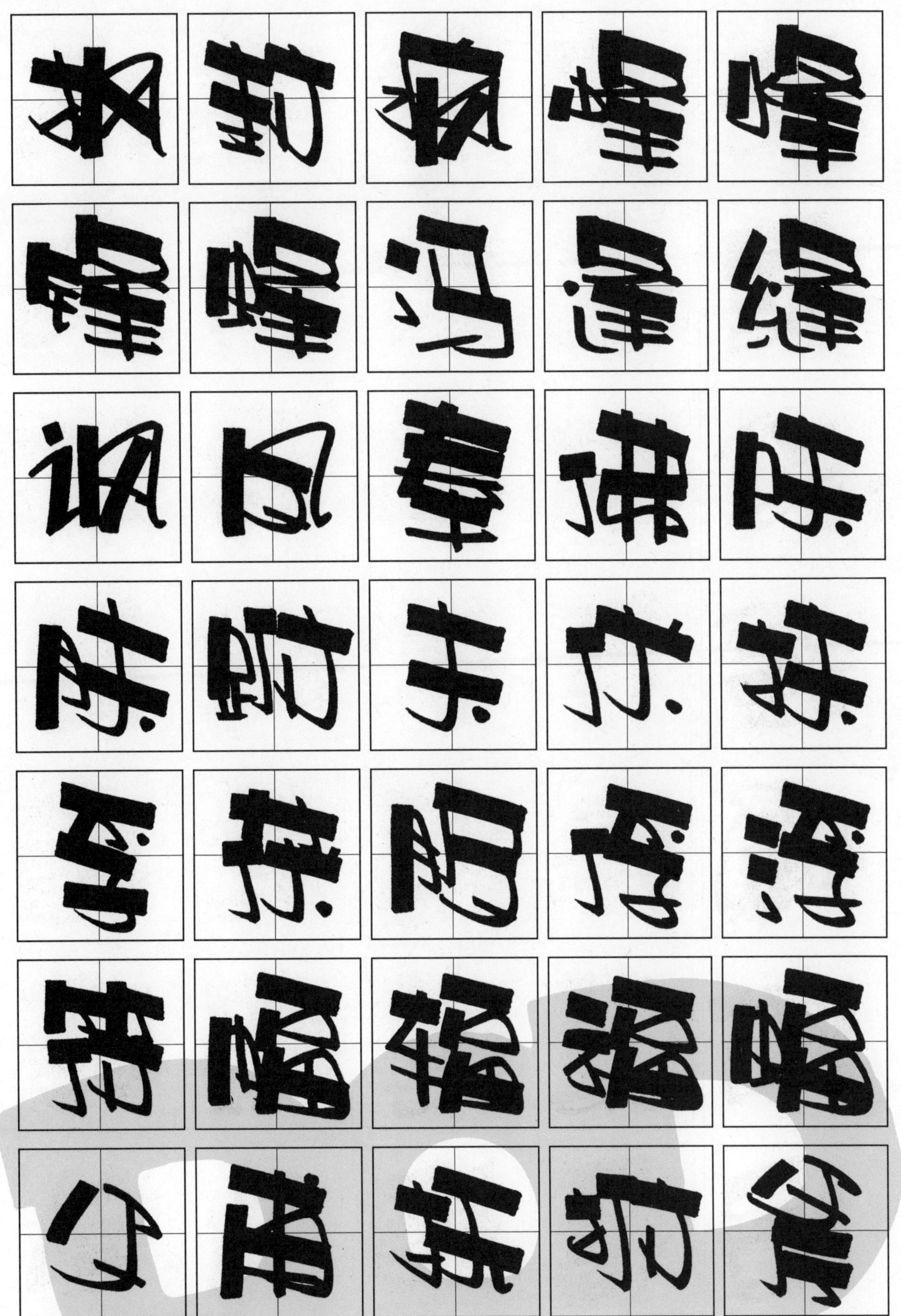

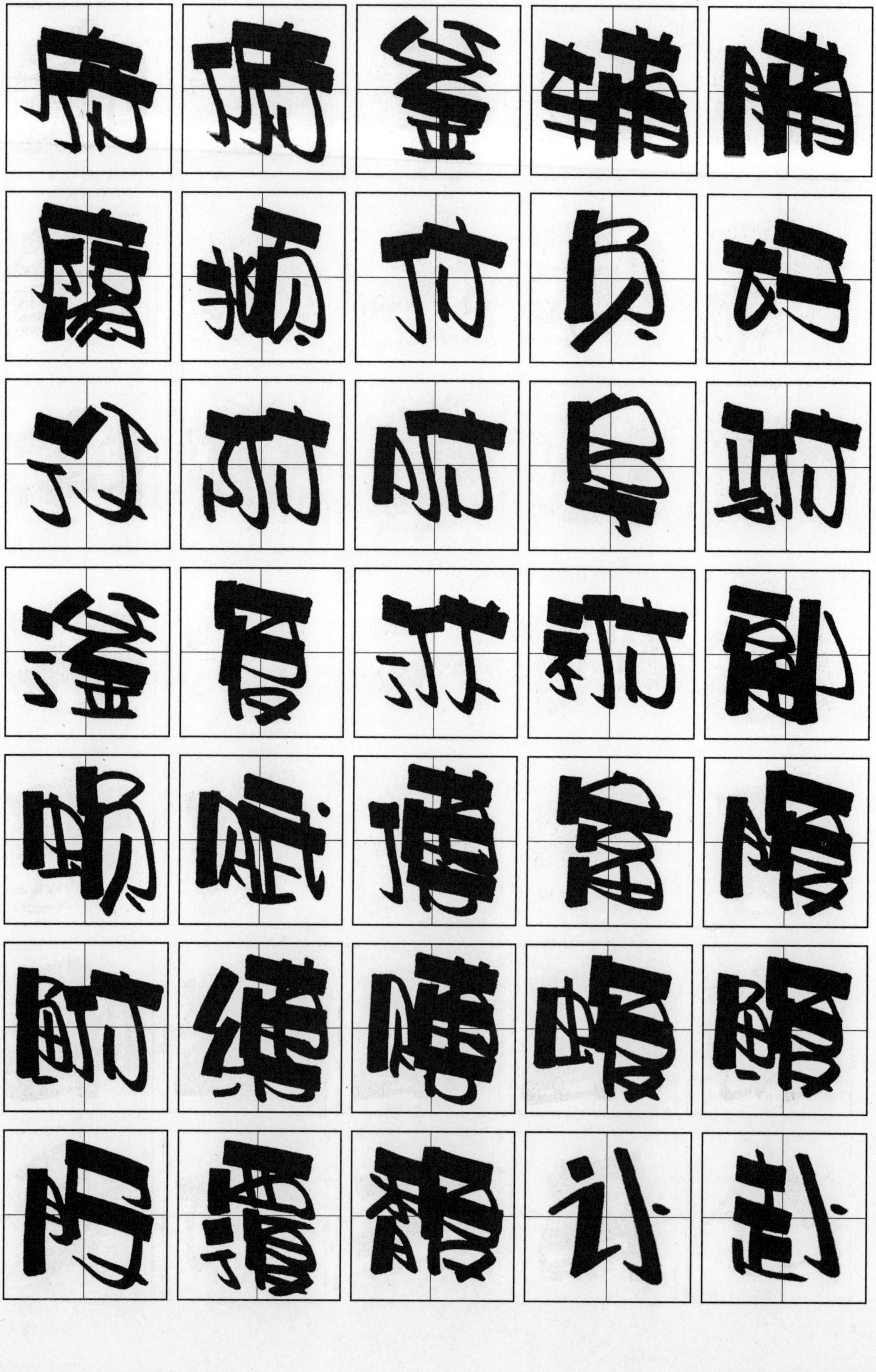

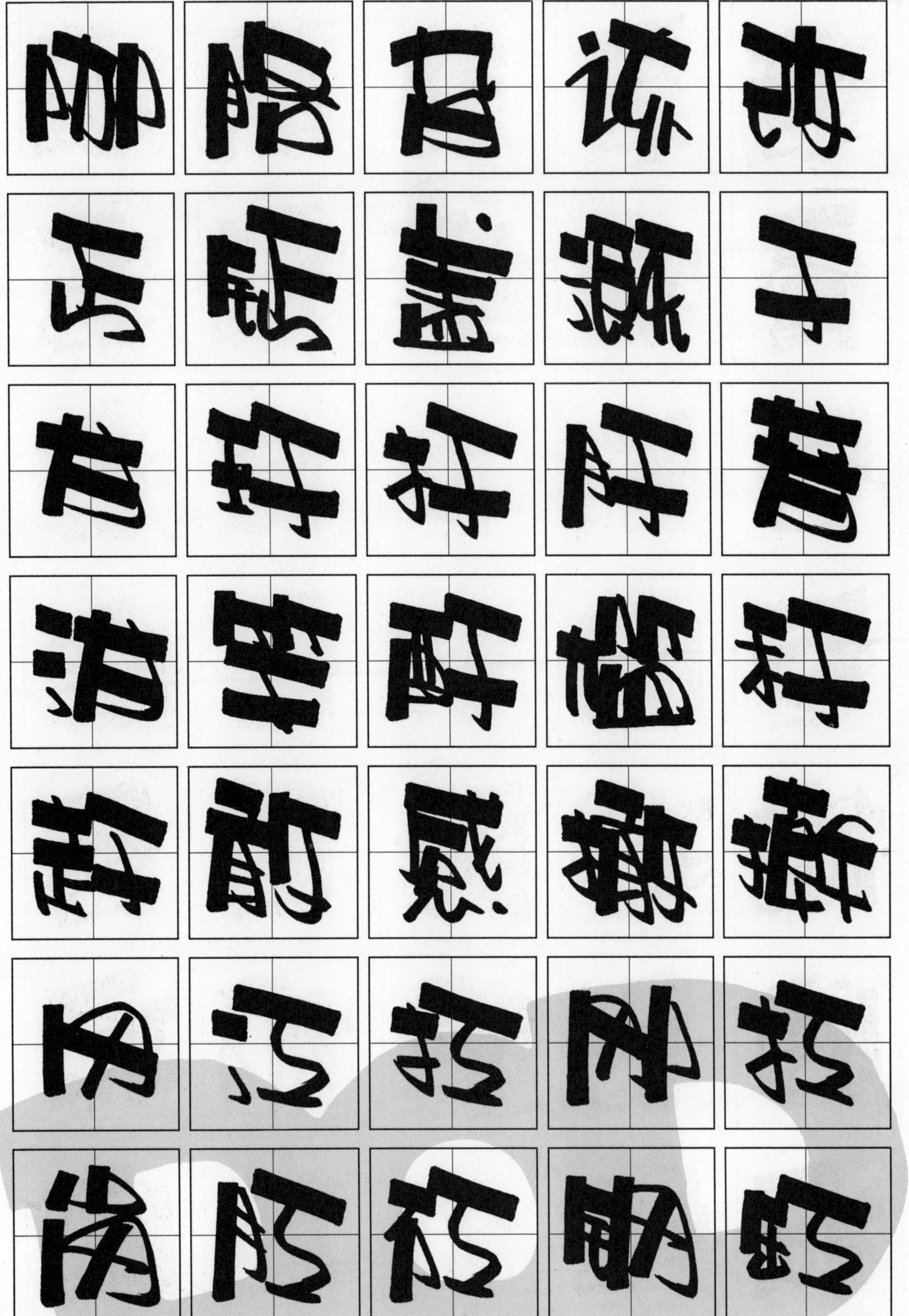

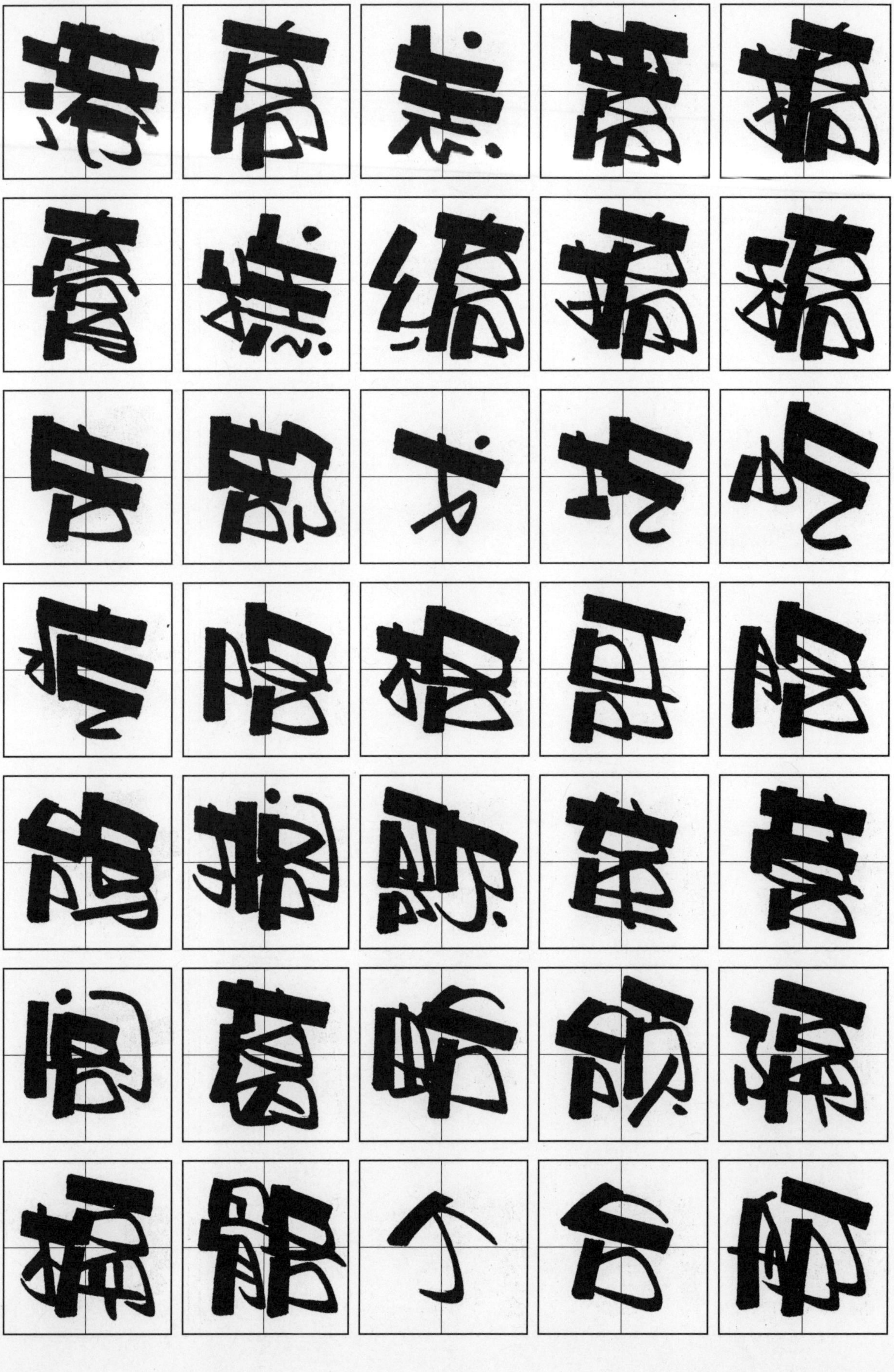

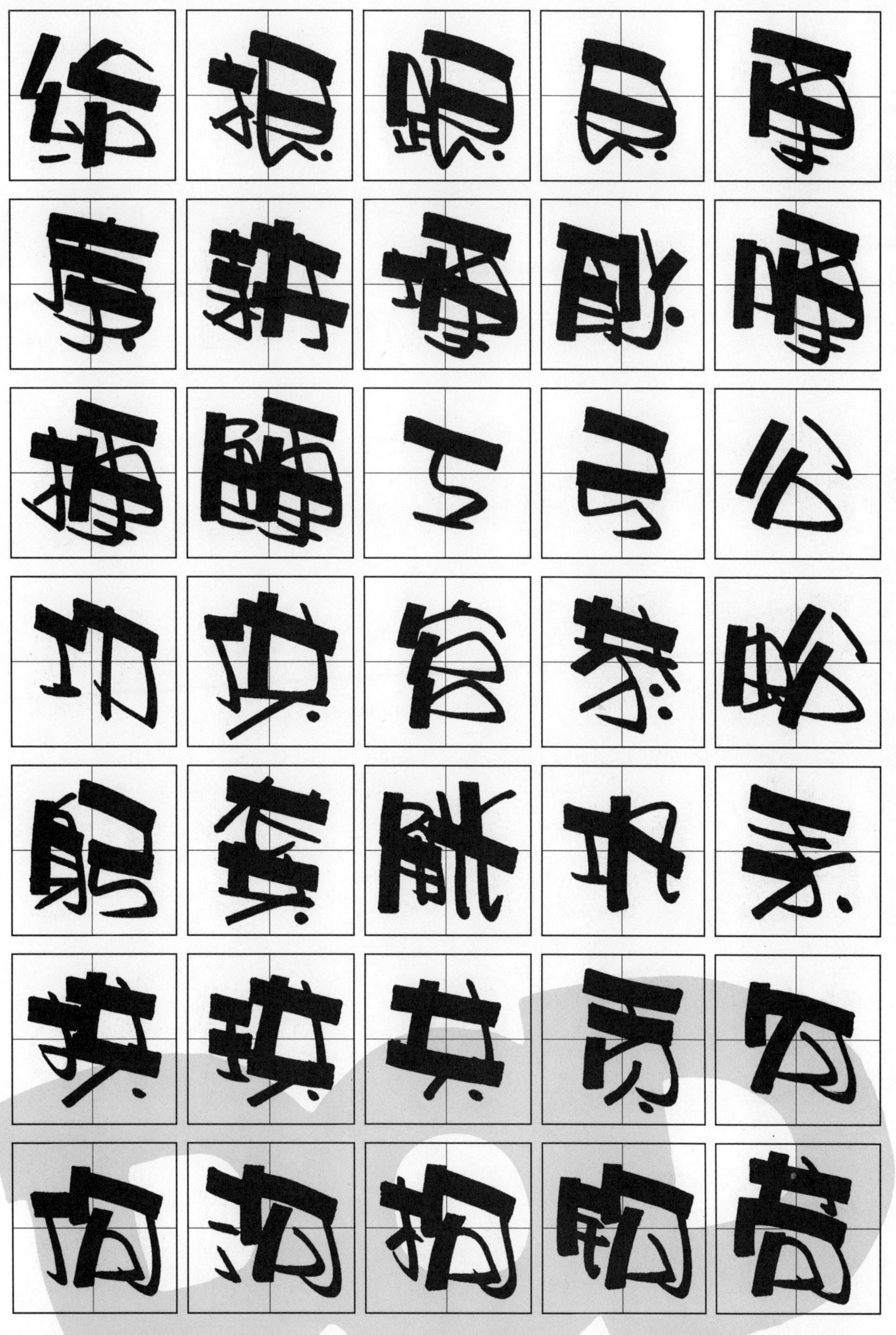

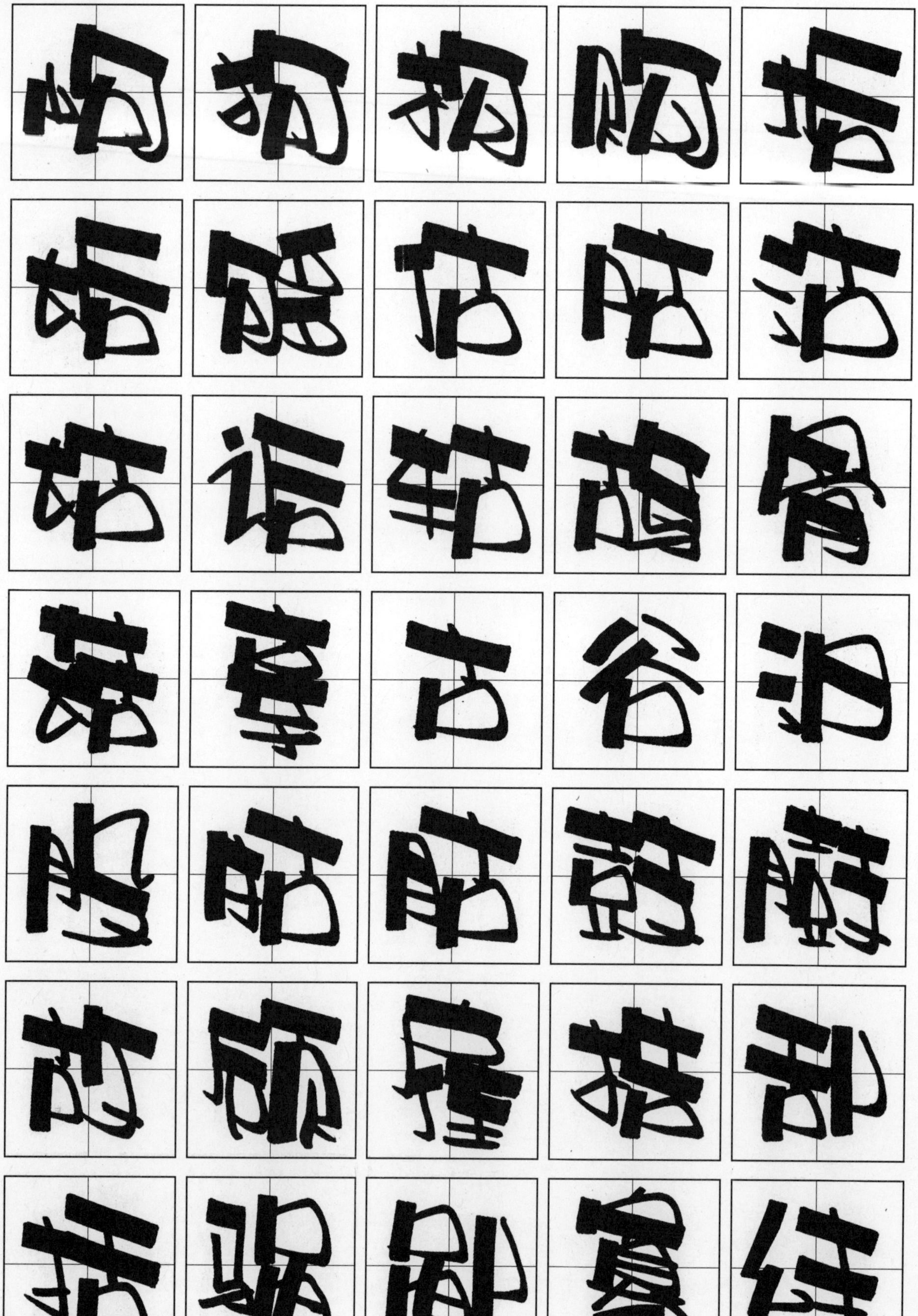

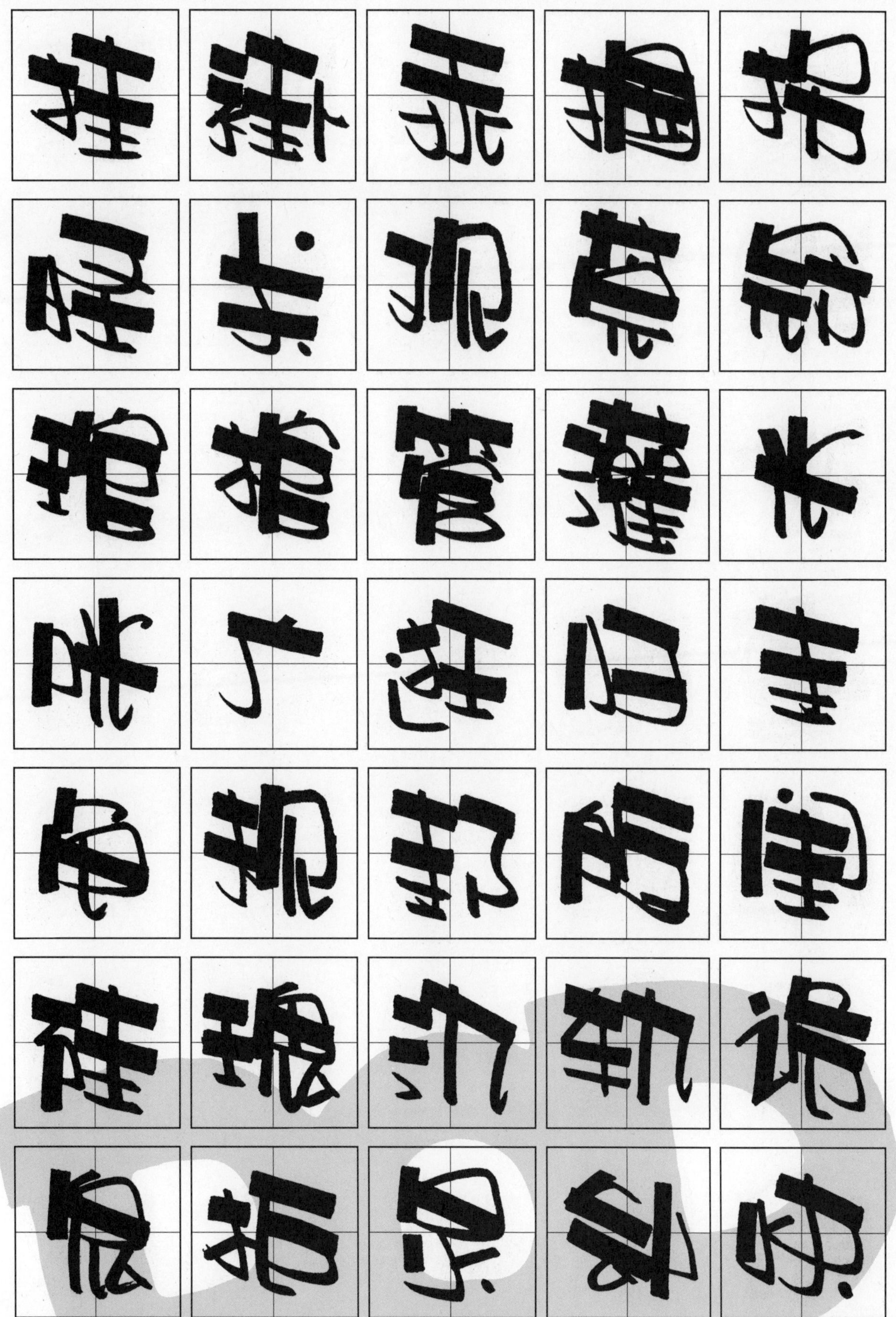

H

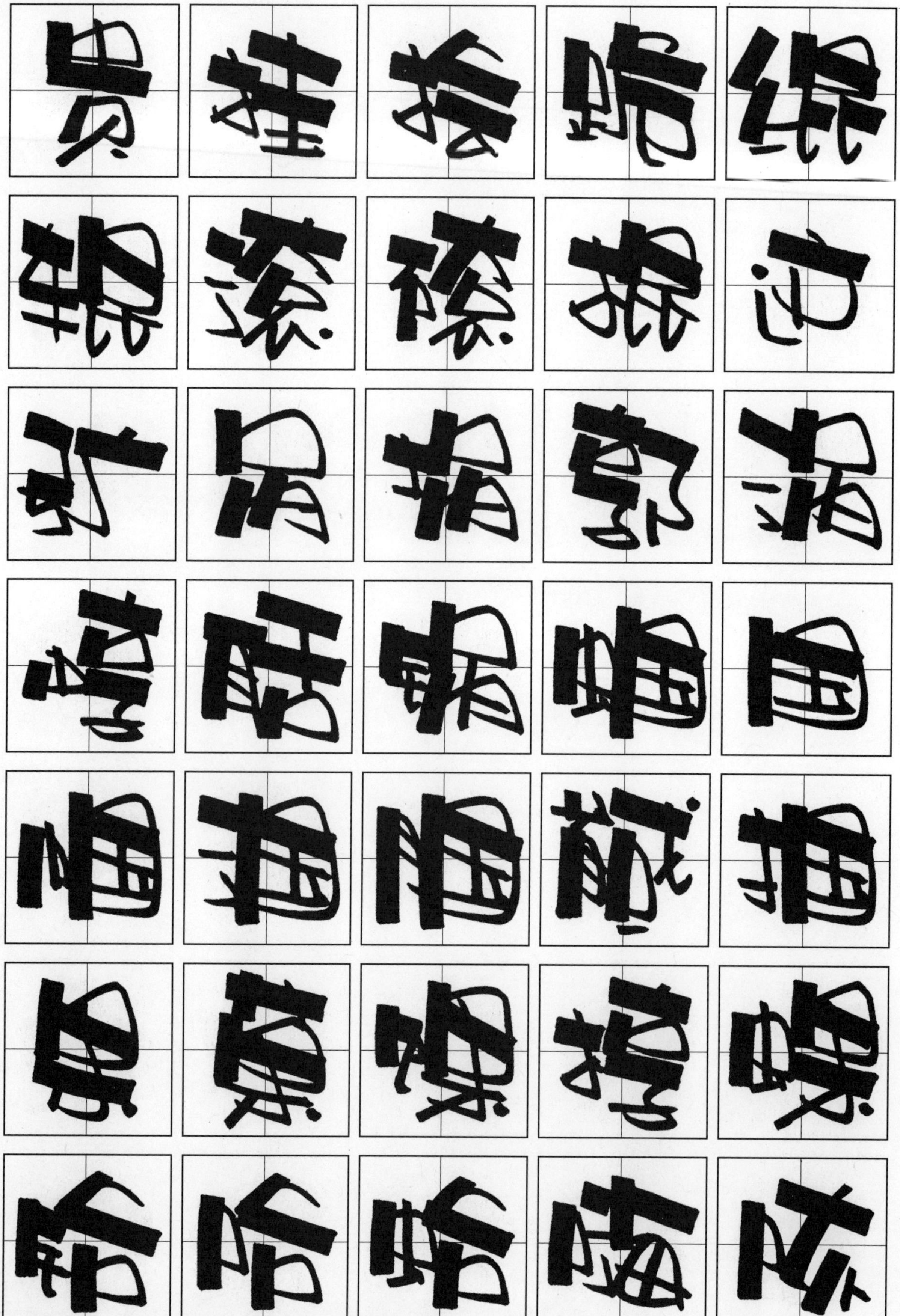

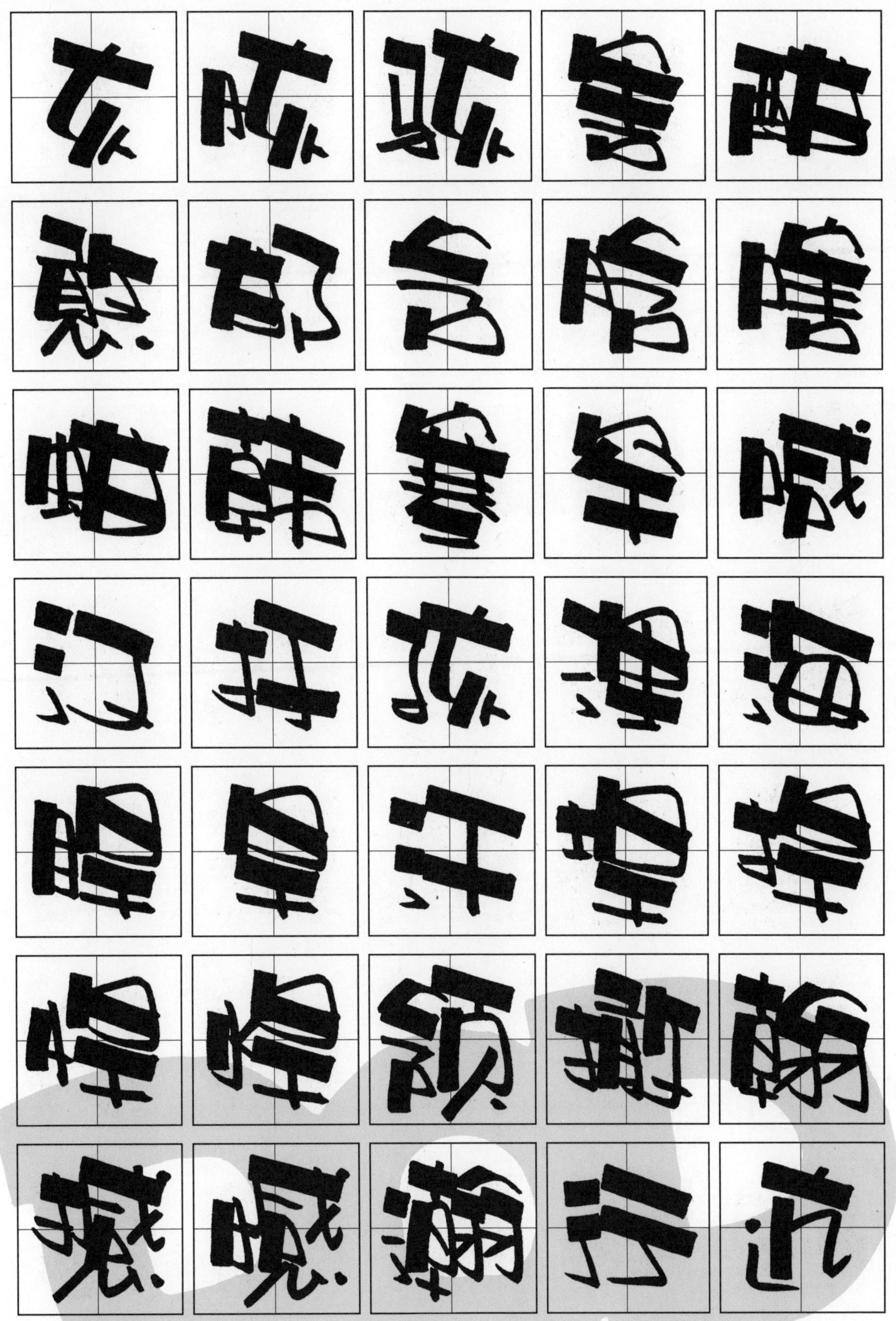

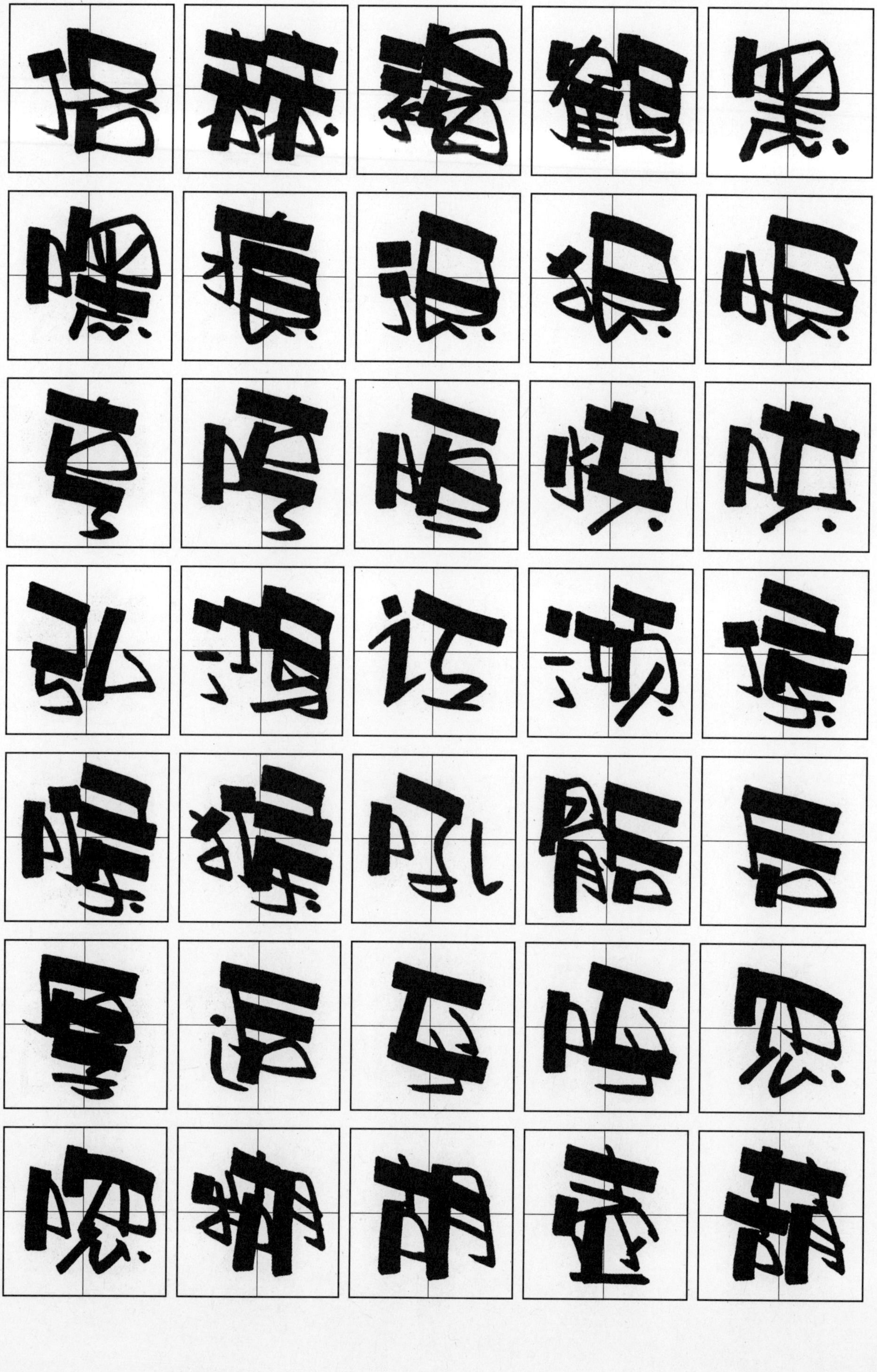

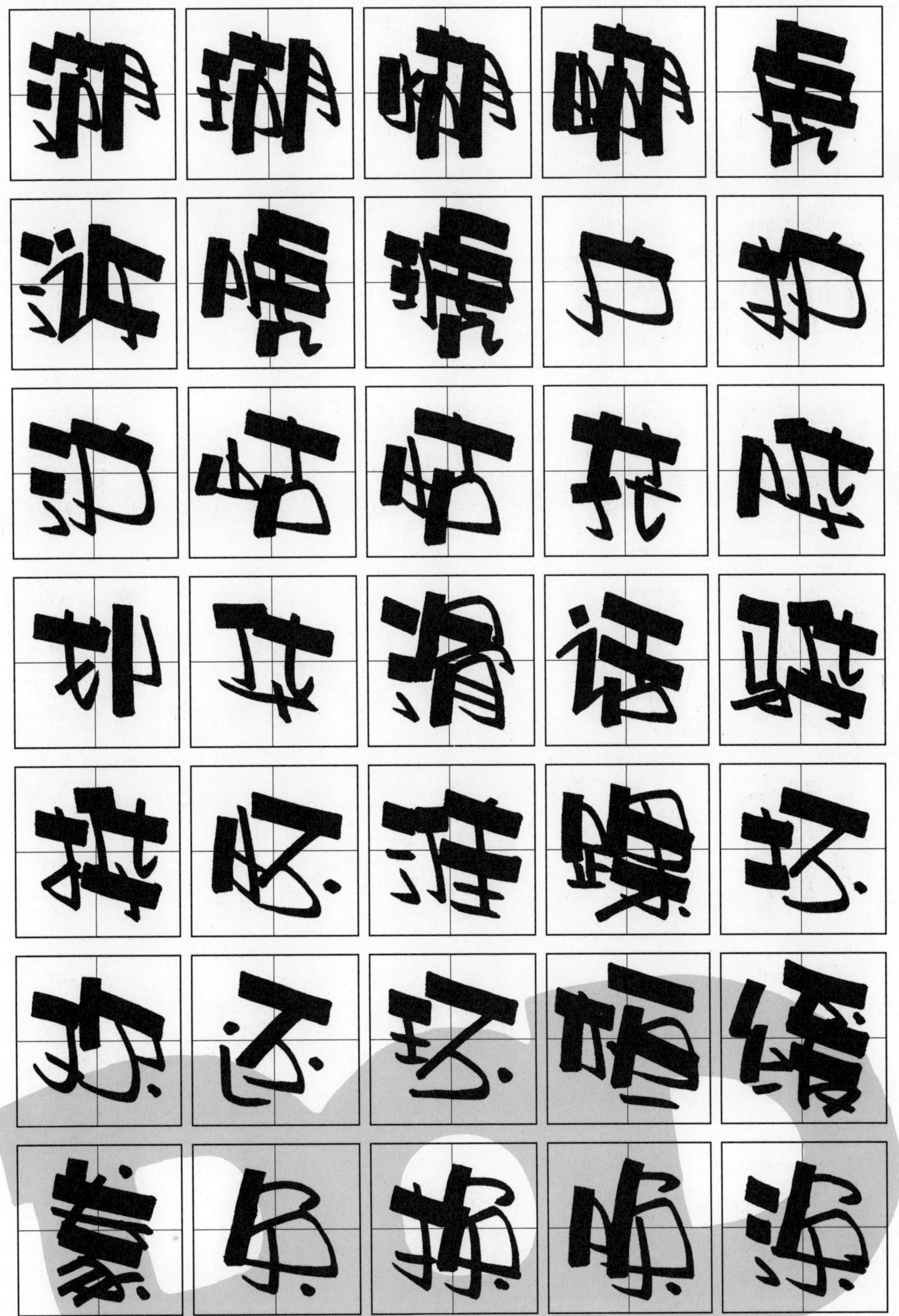

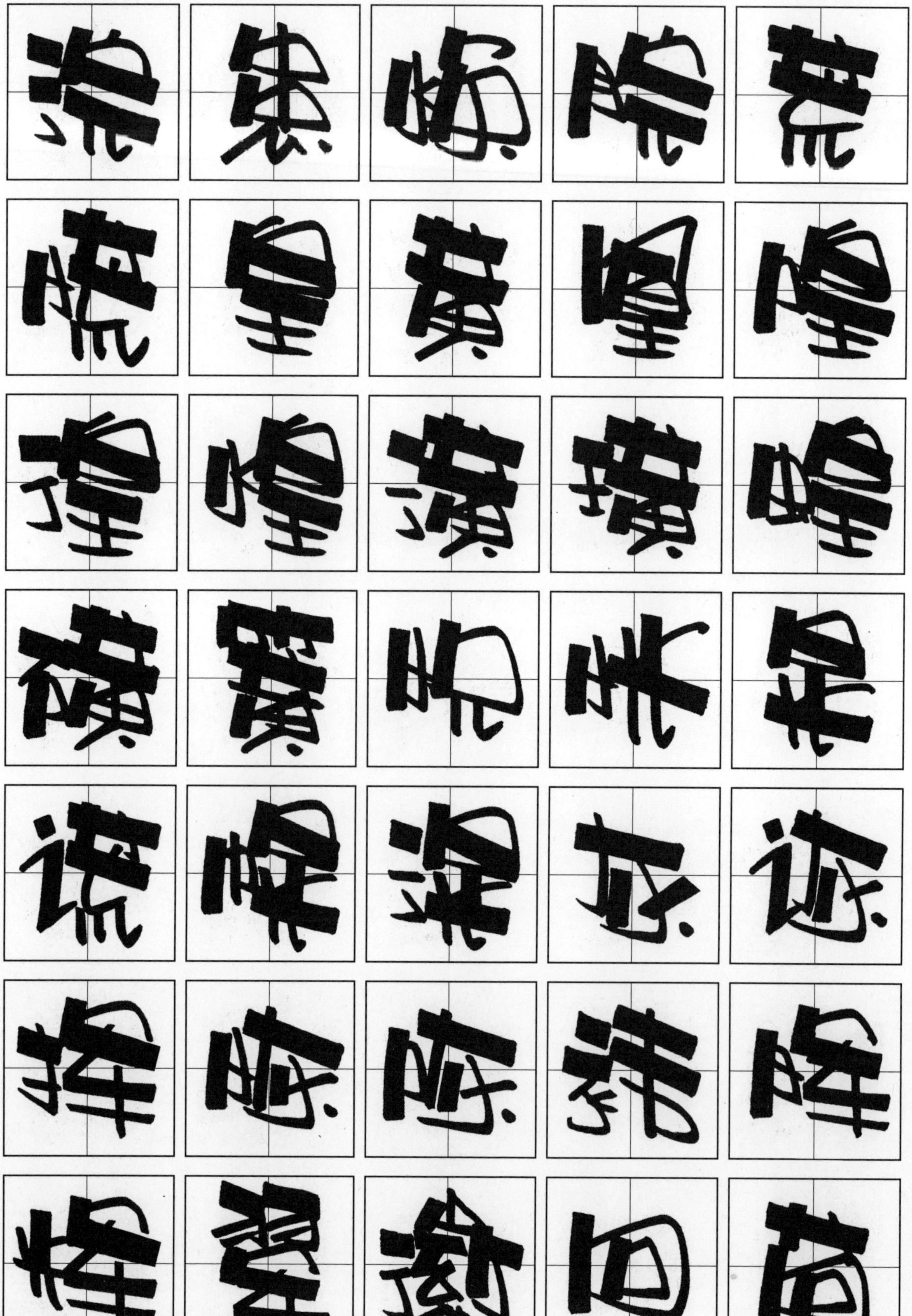

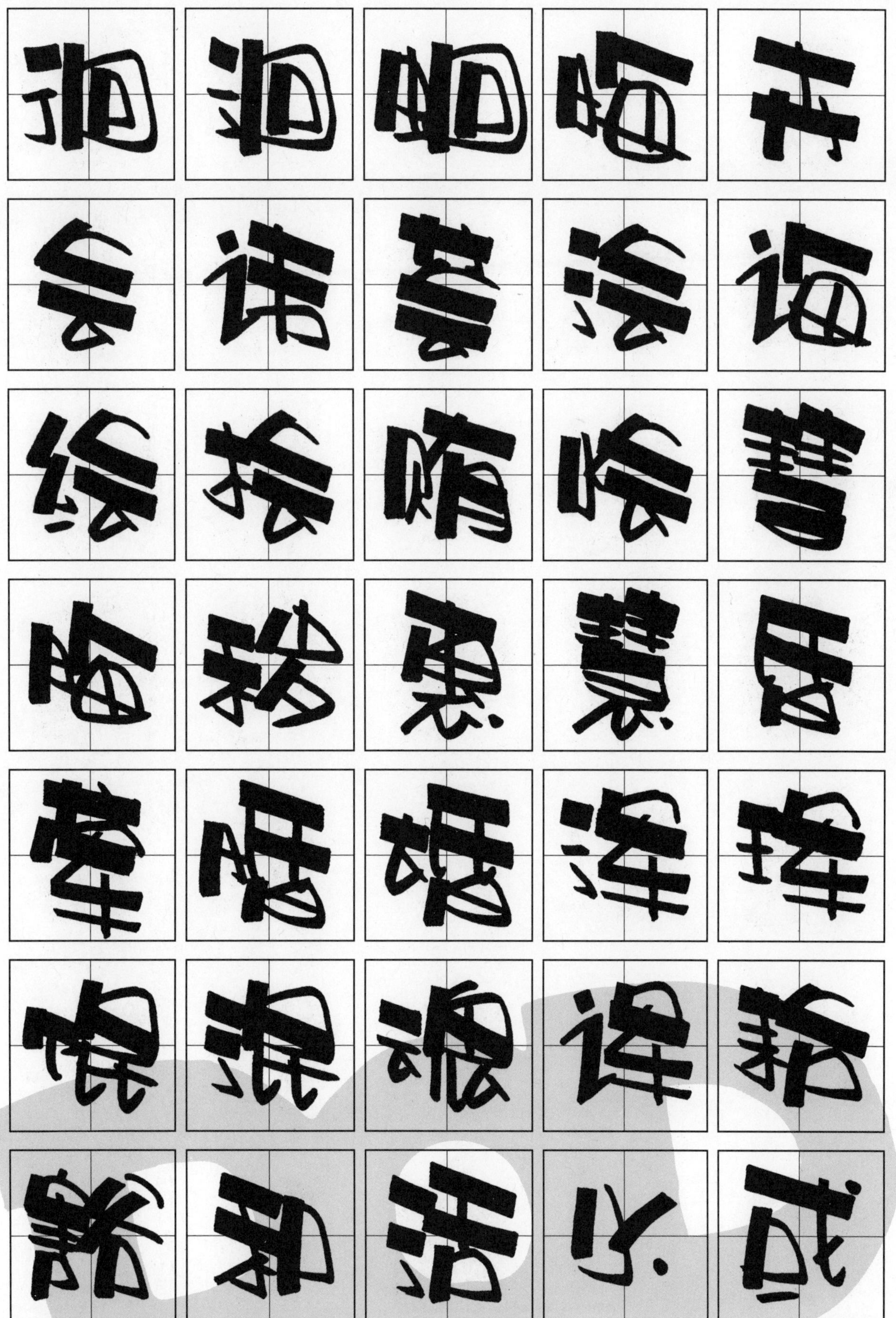

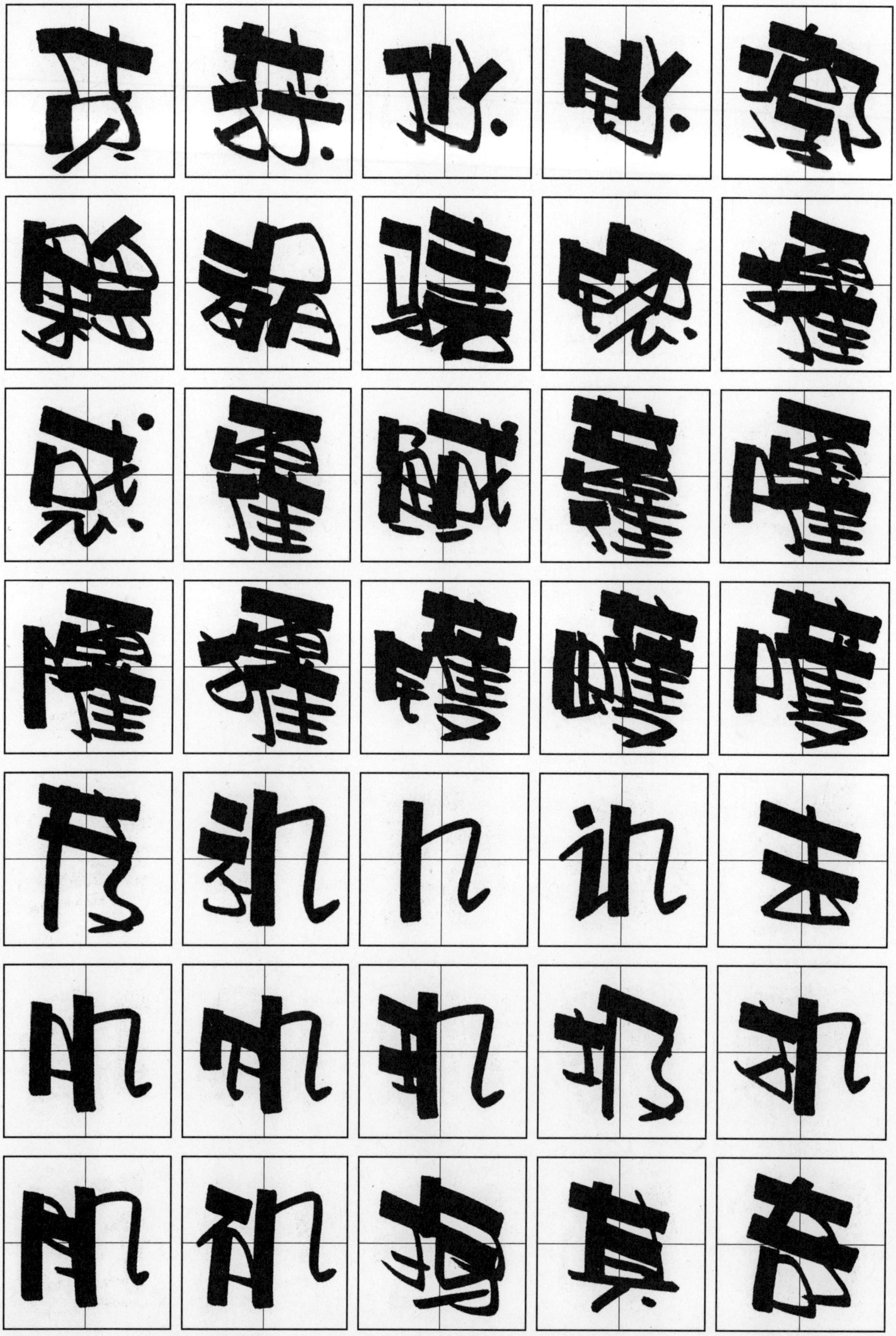

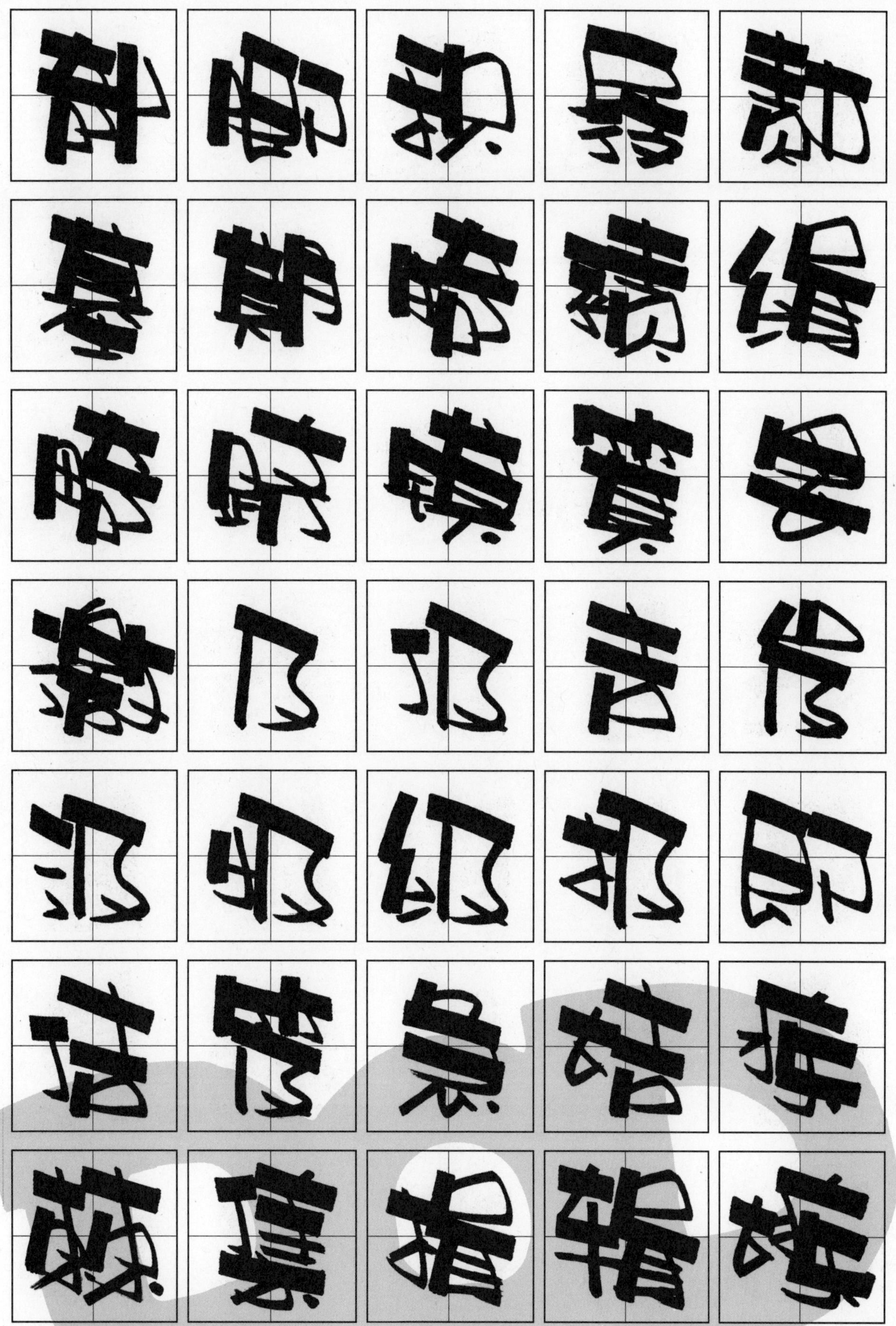

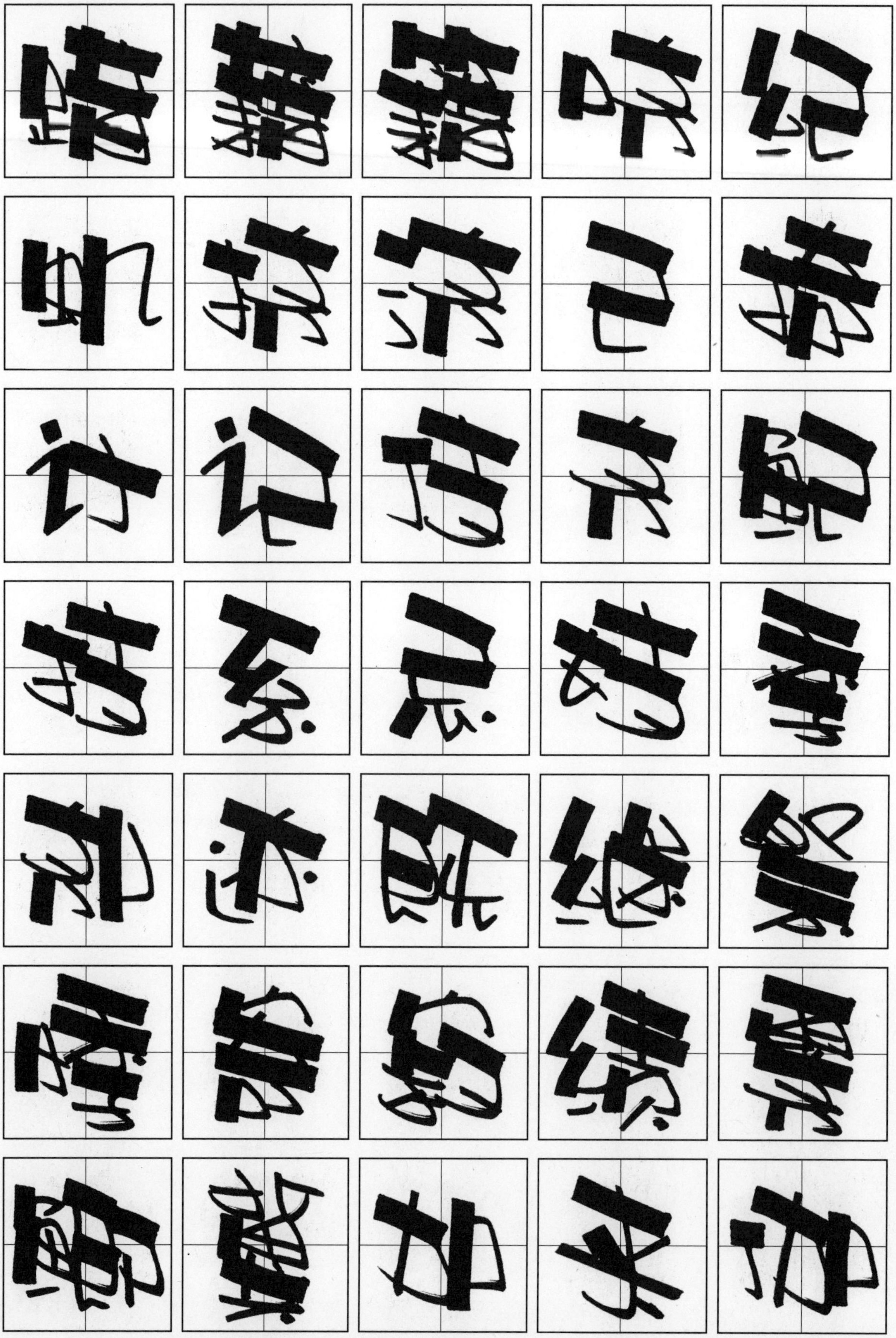

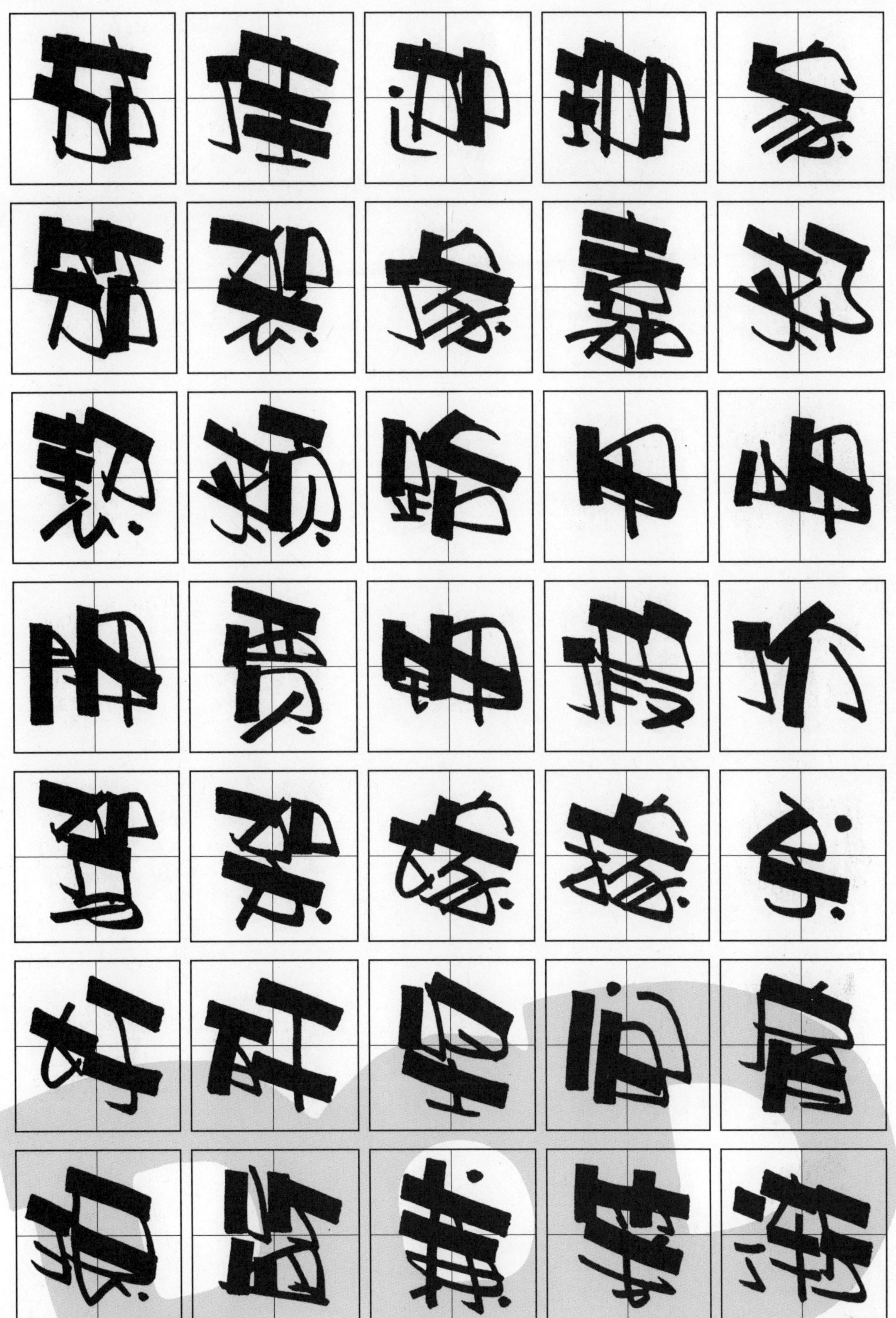

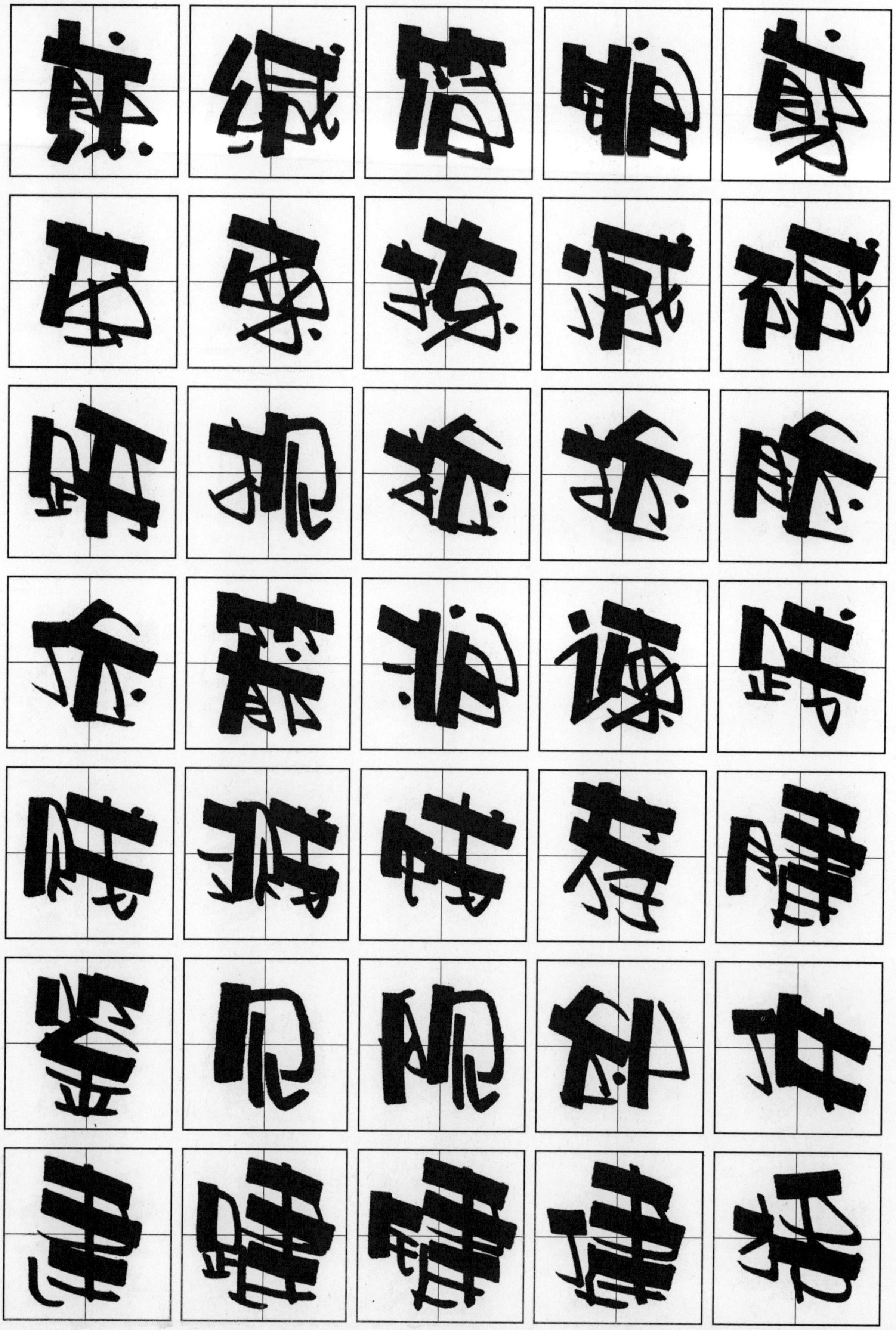

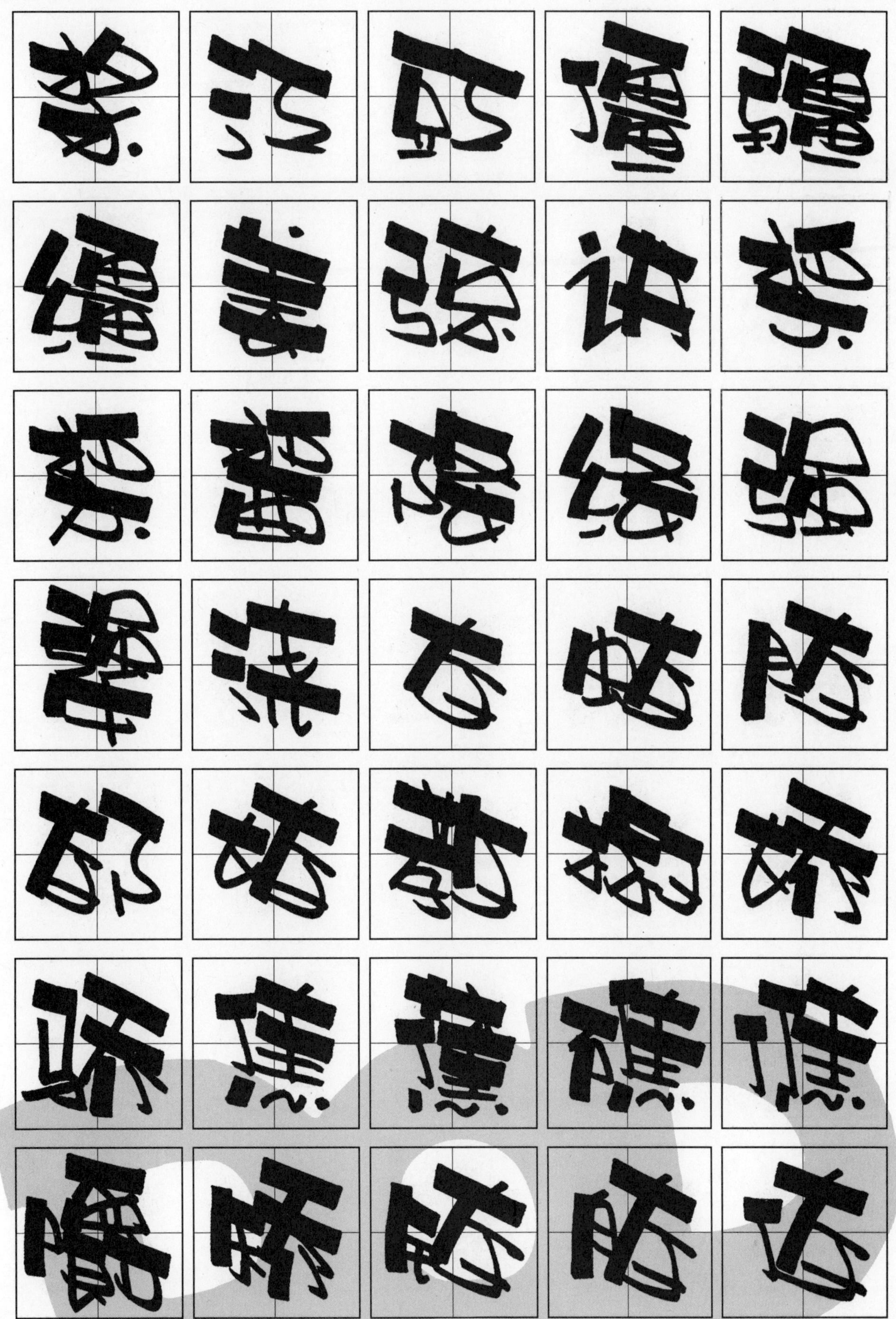

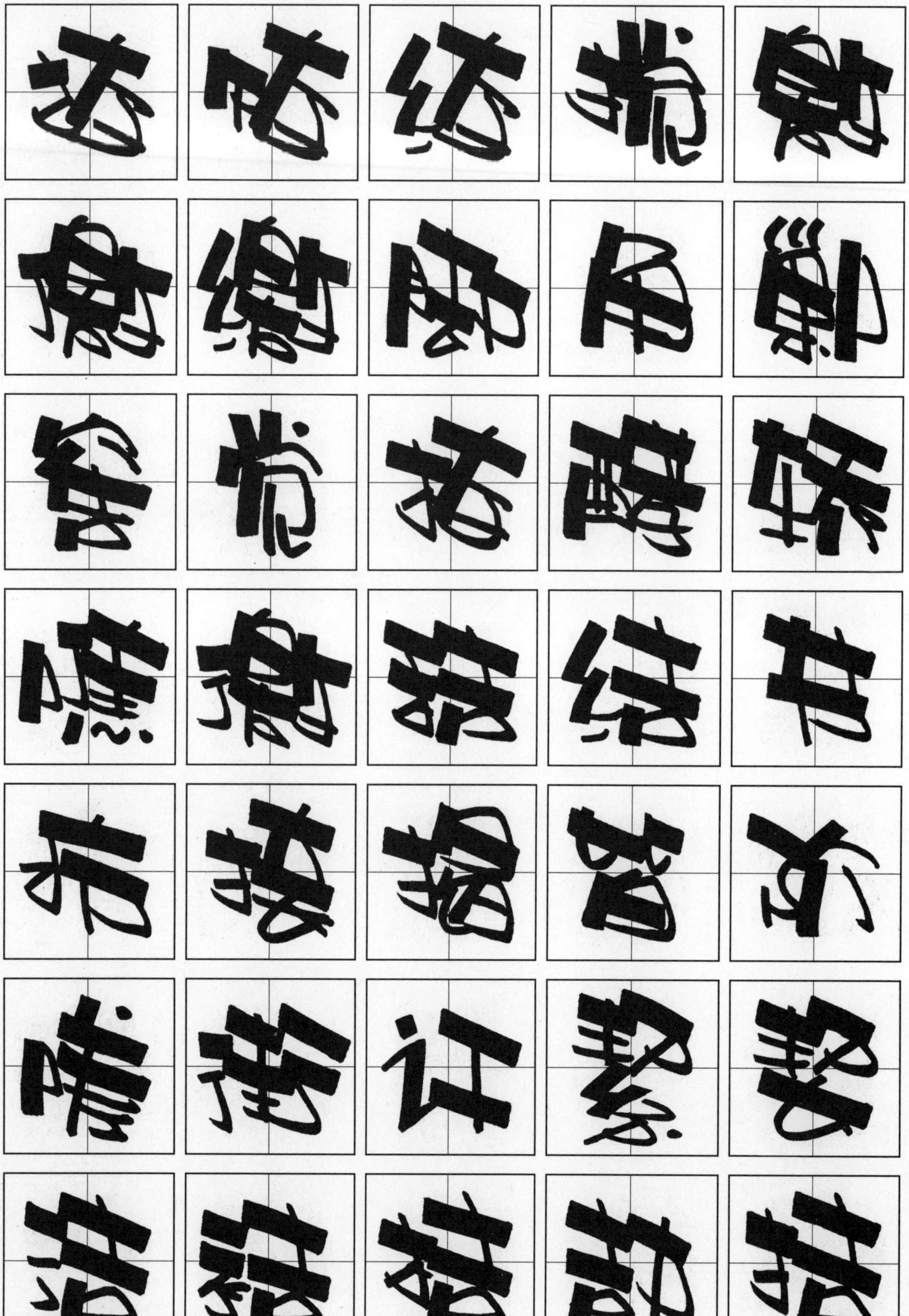

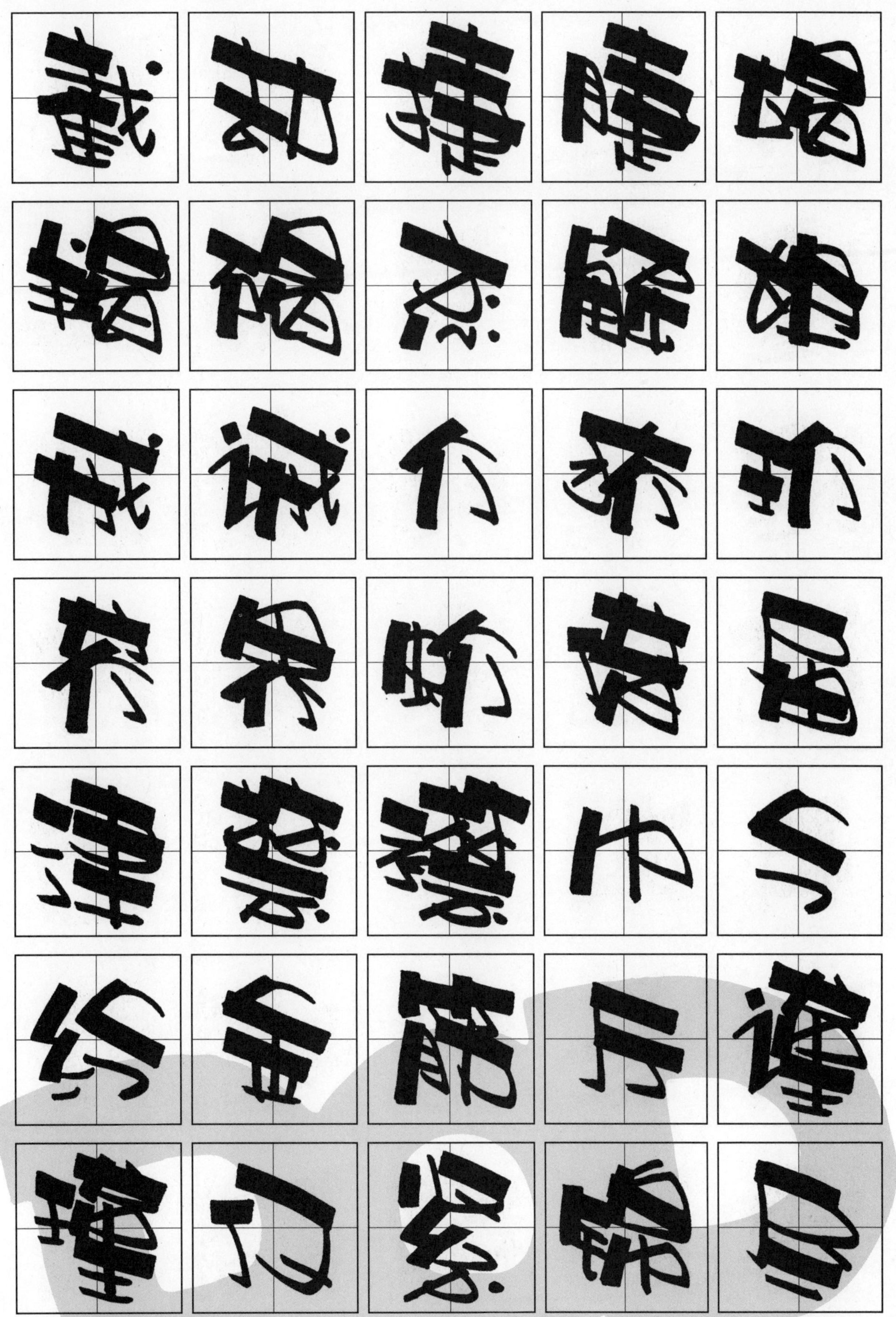

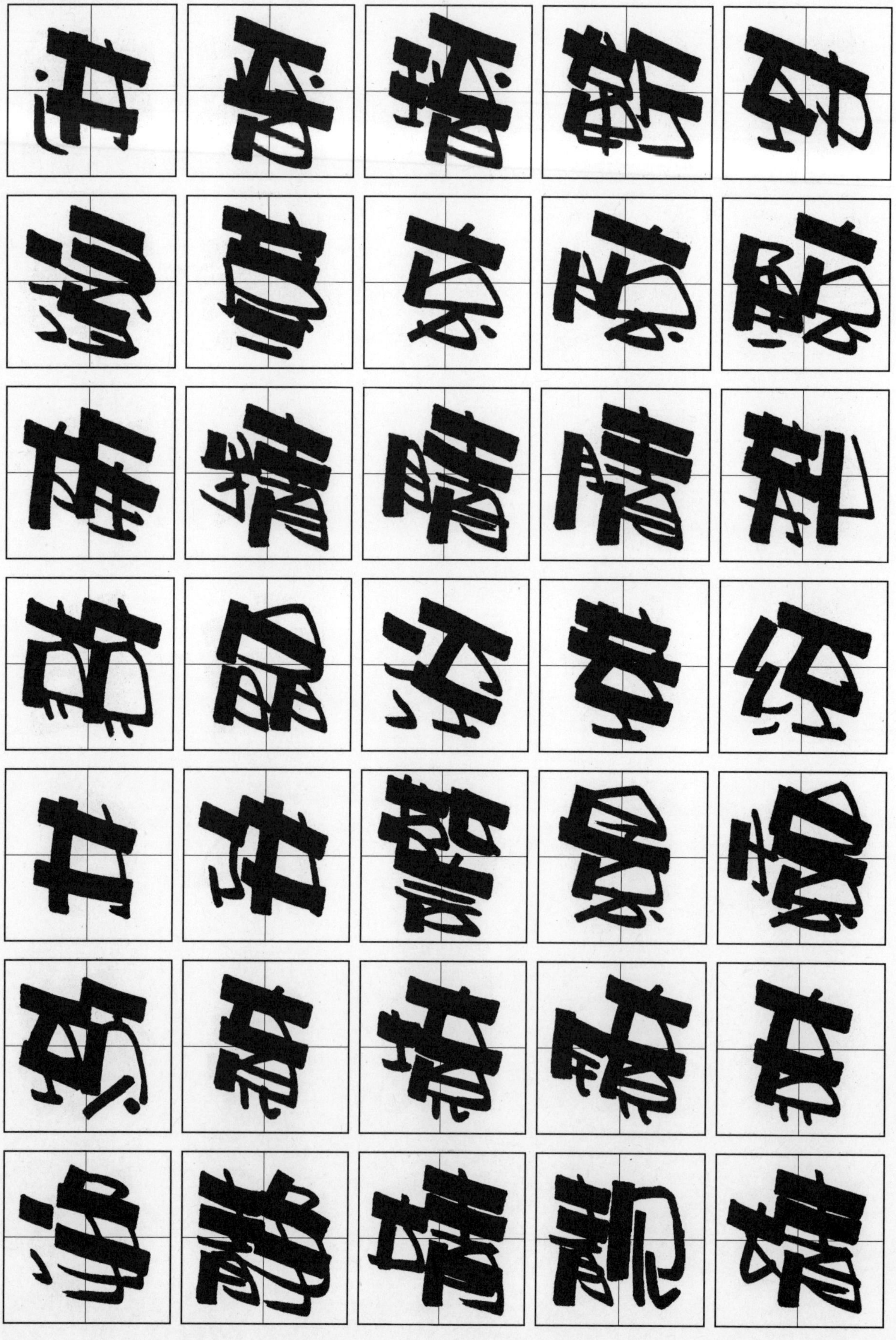

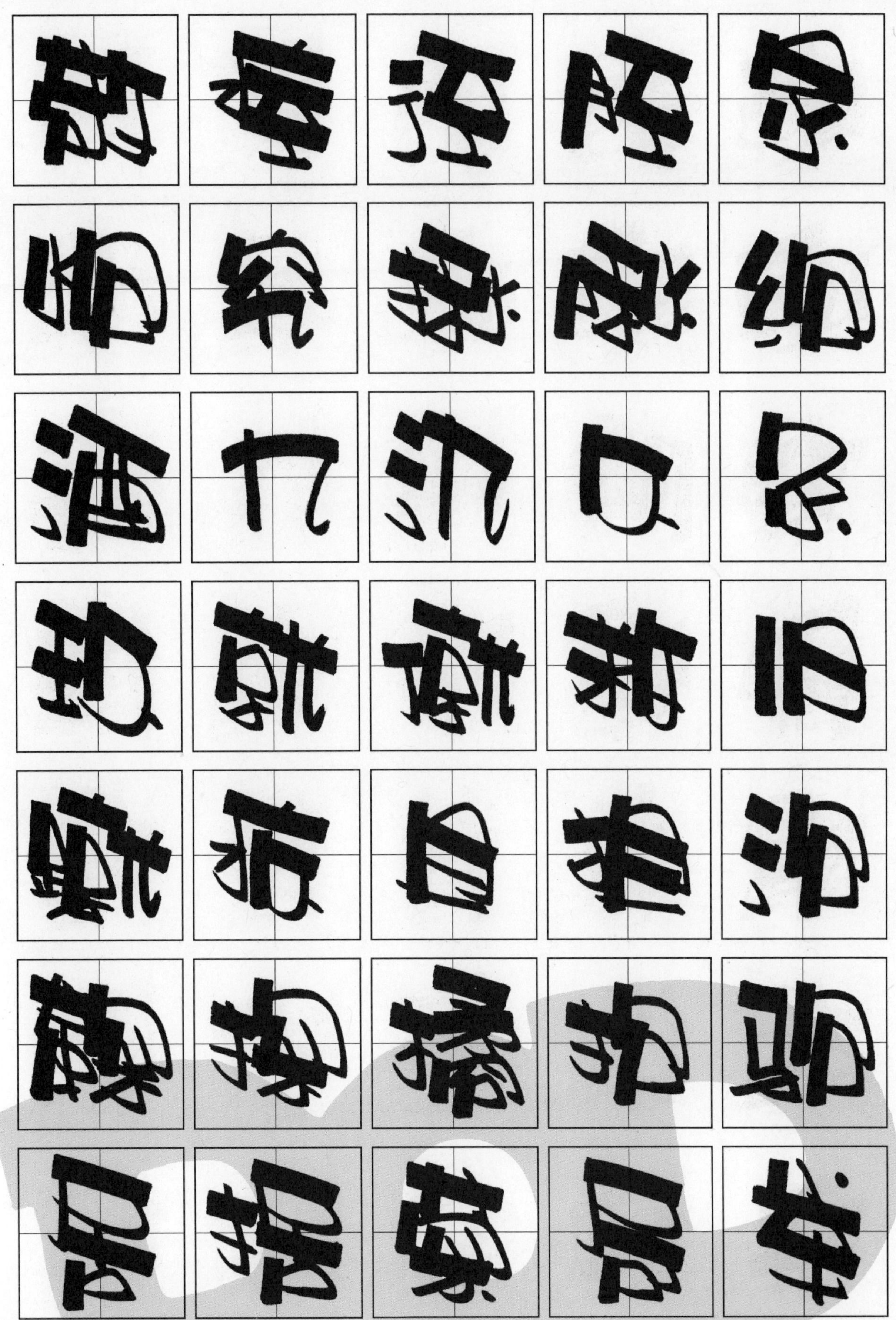

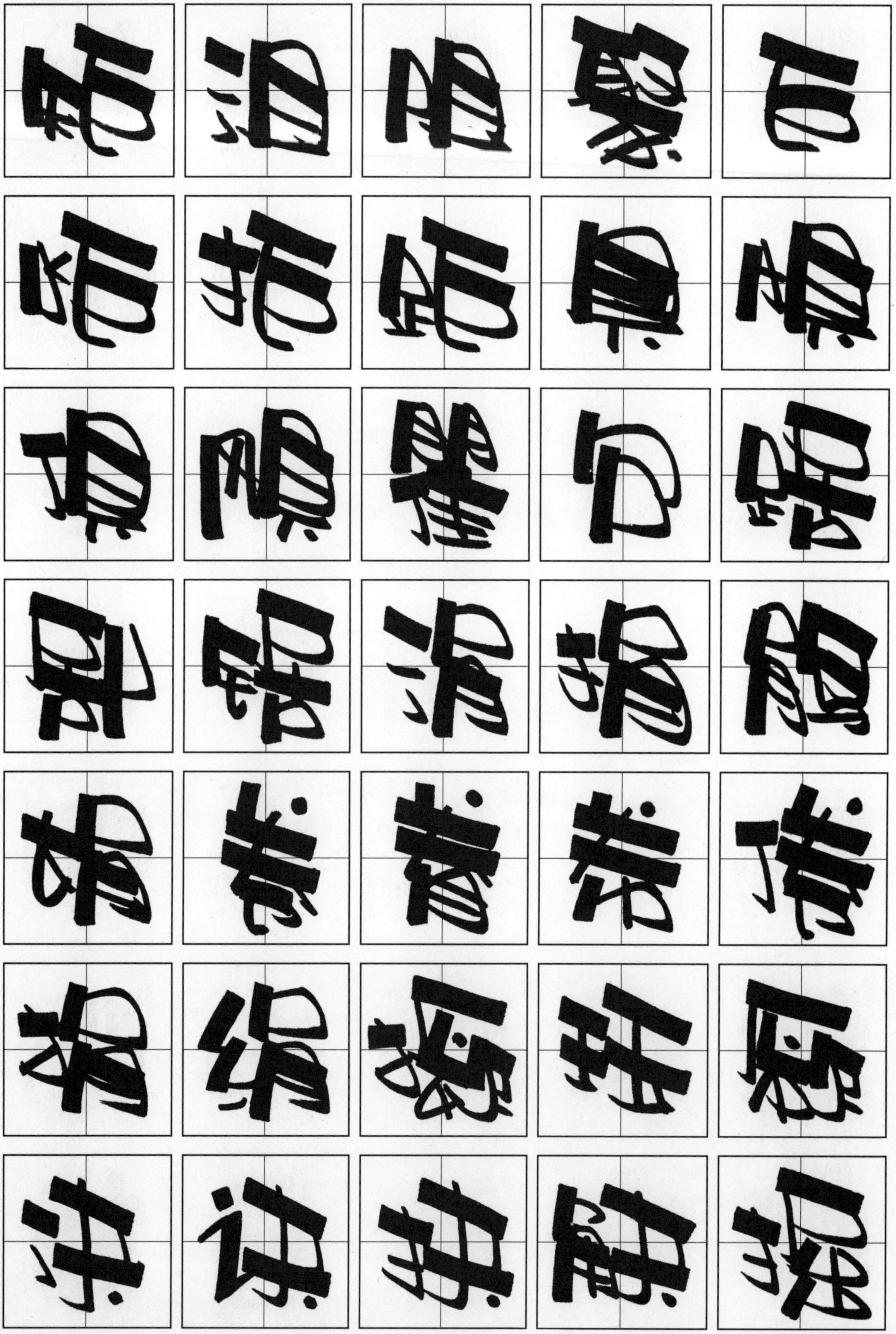

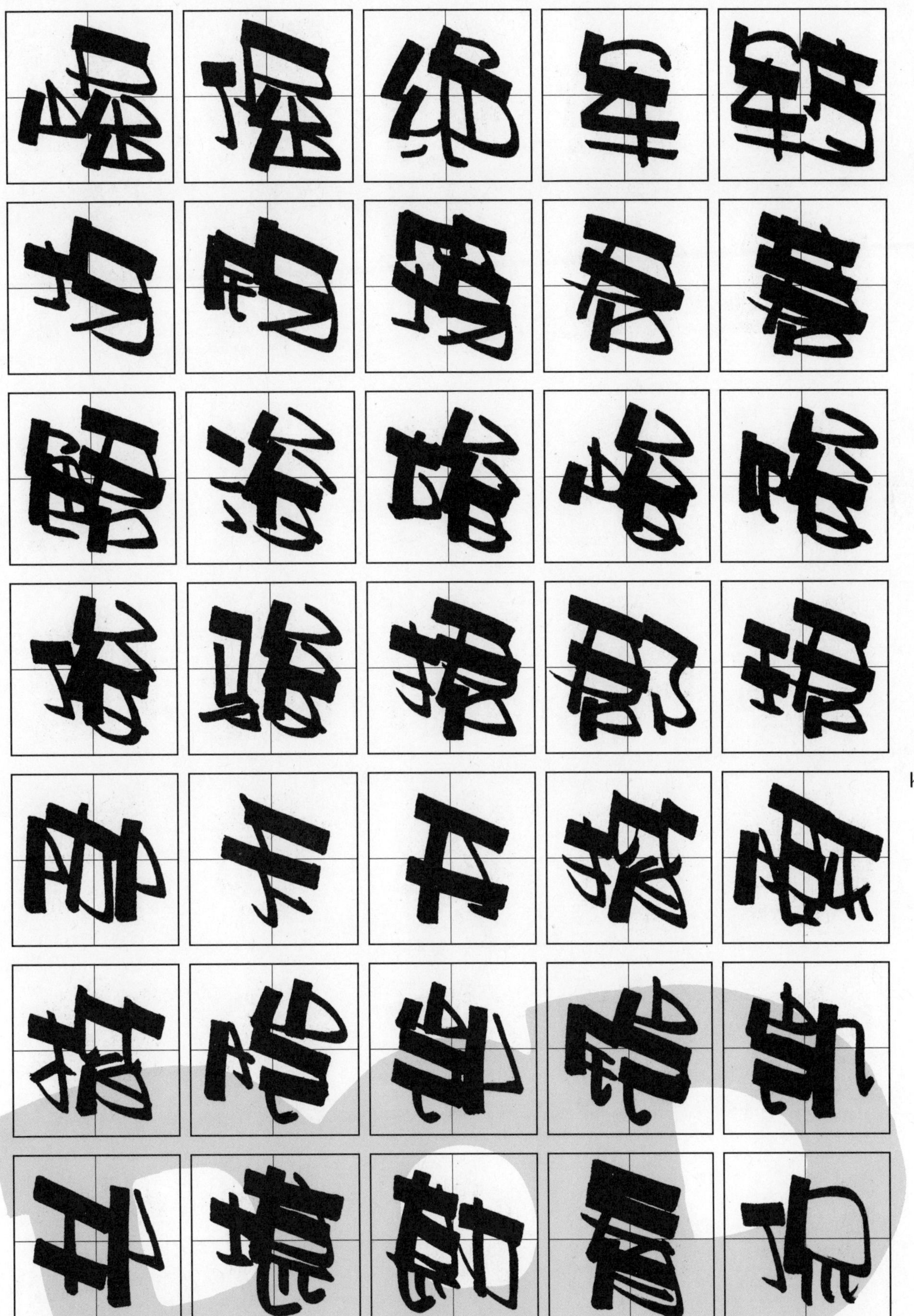

K

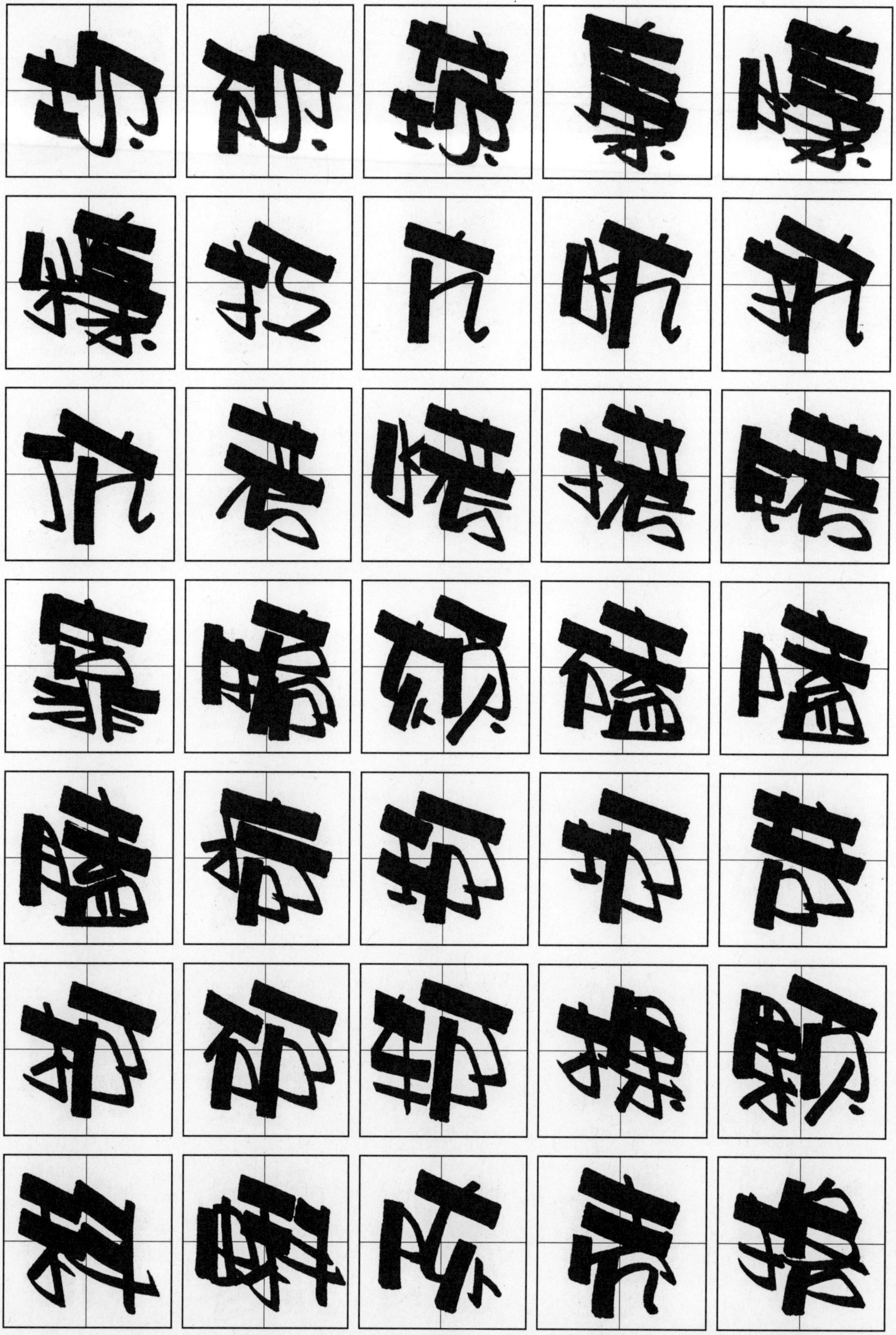

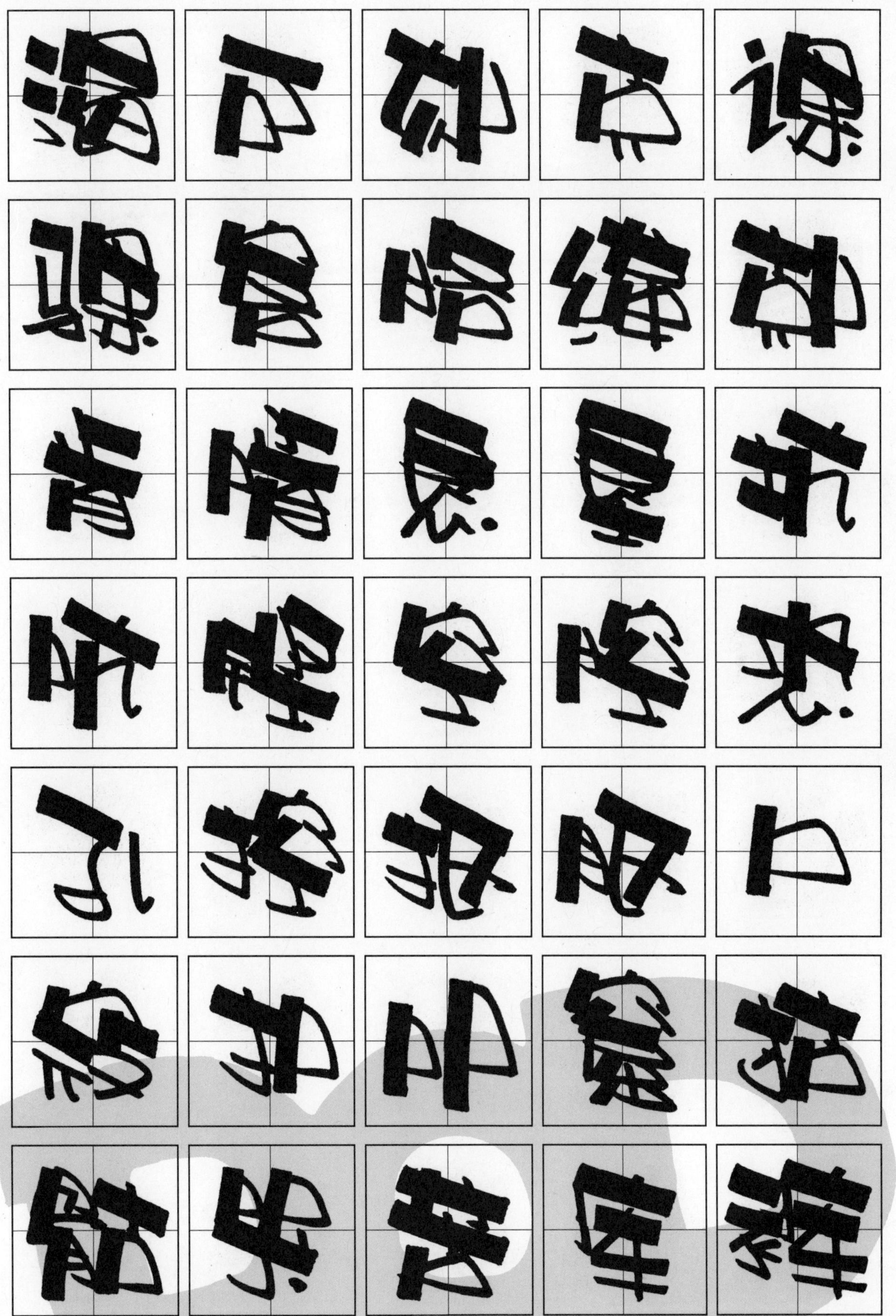

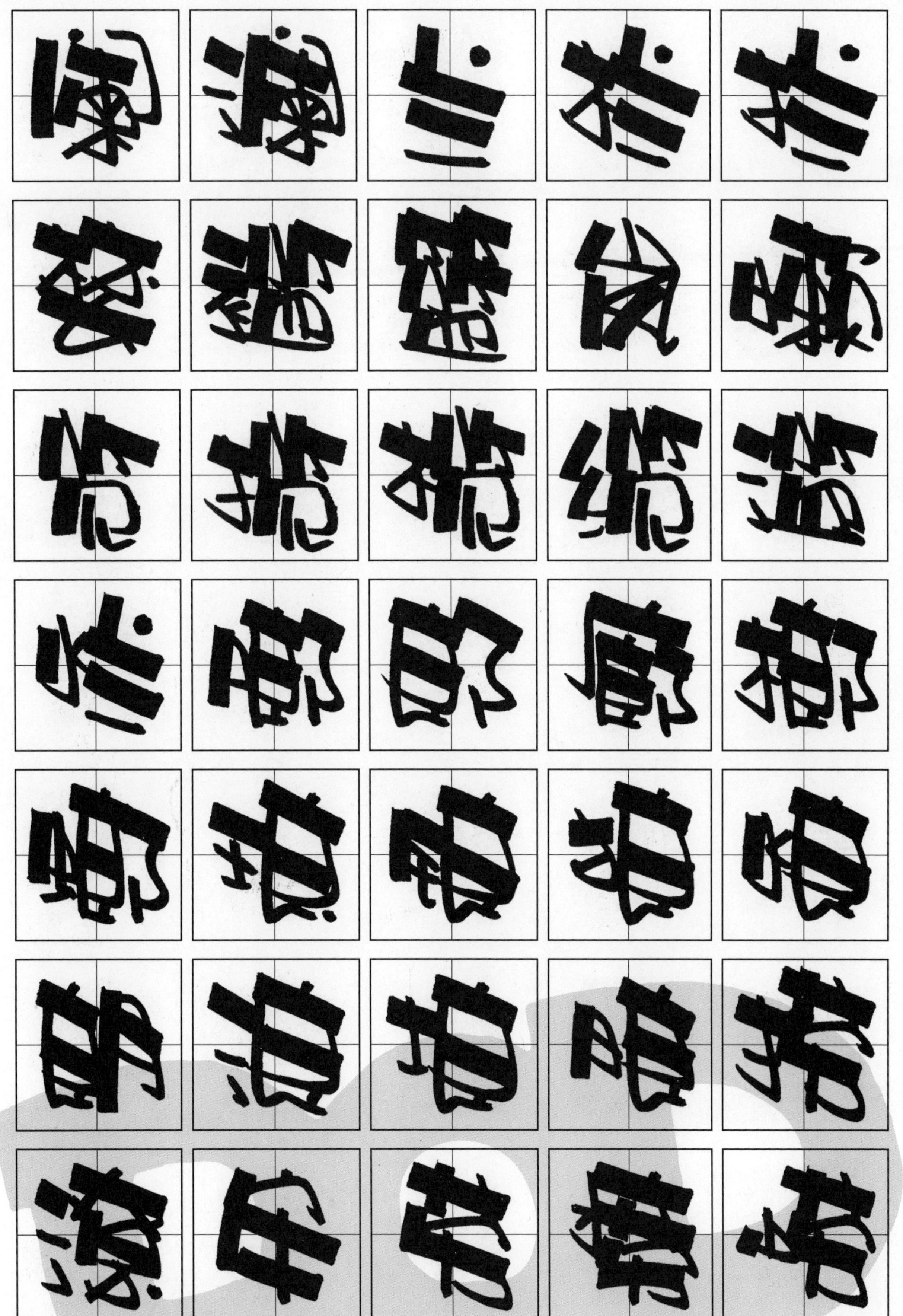

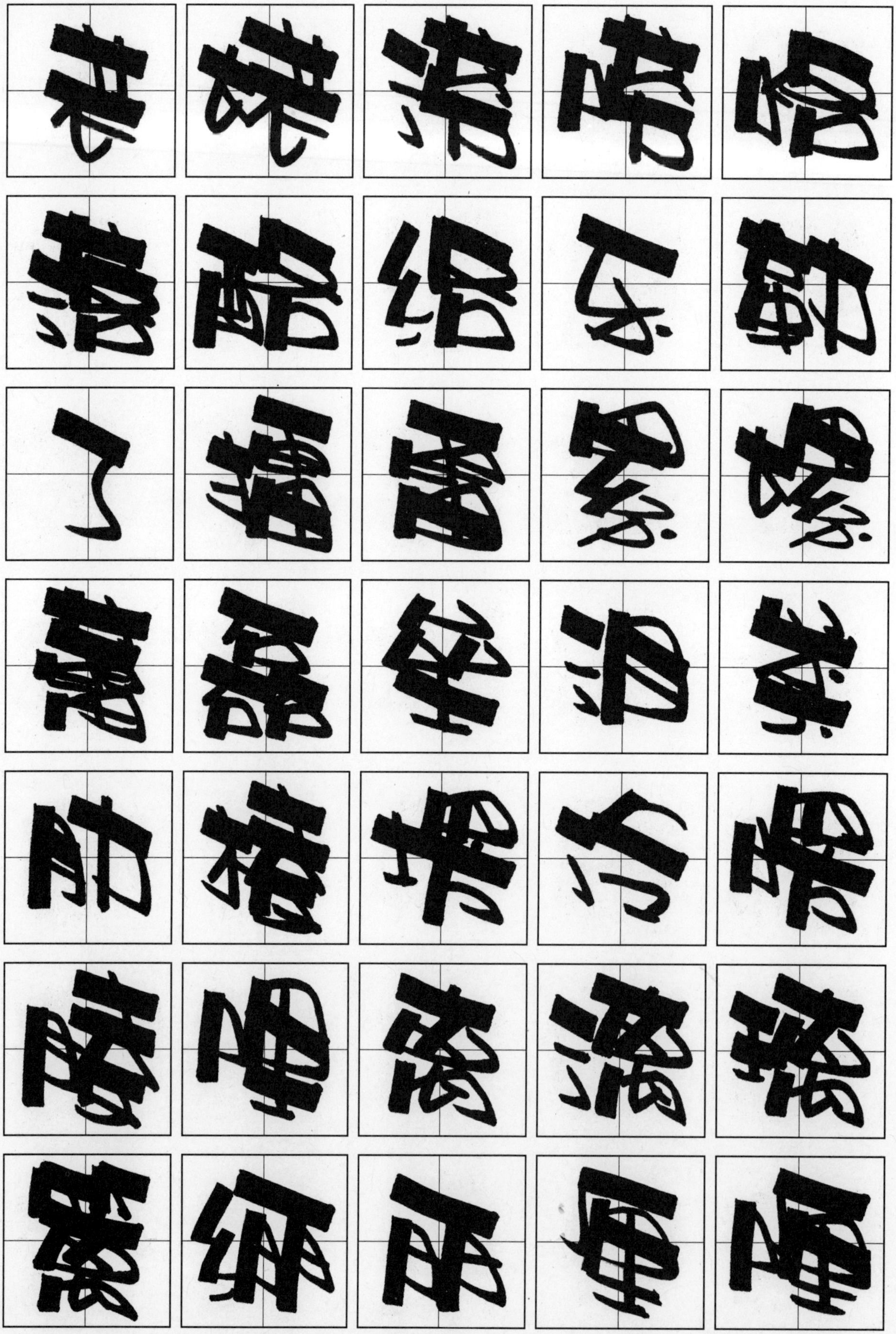

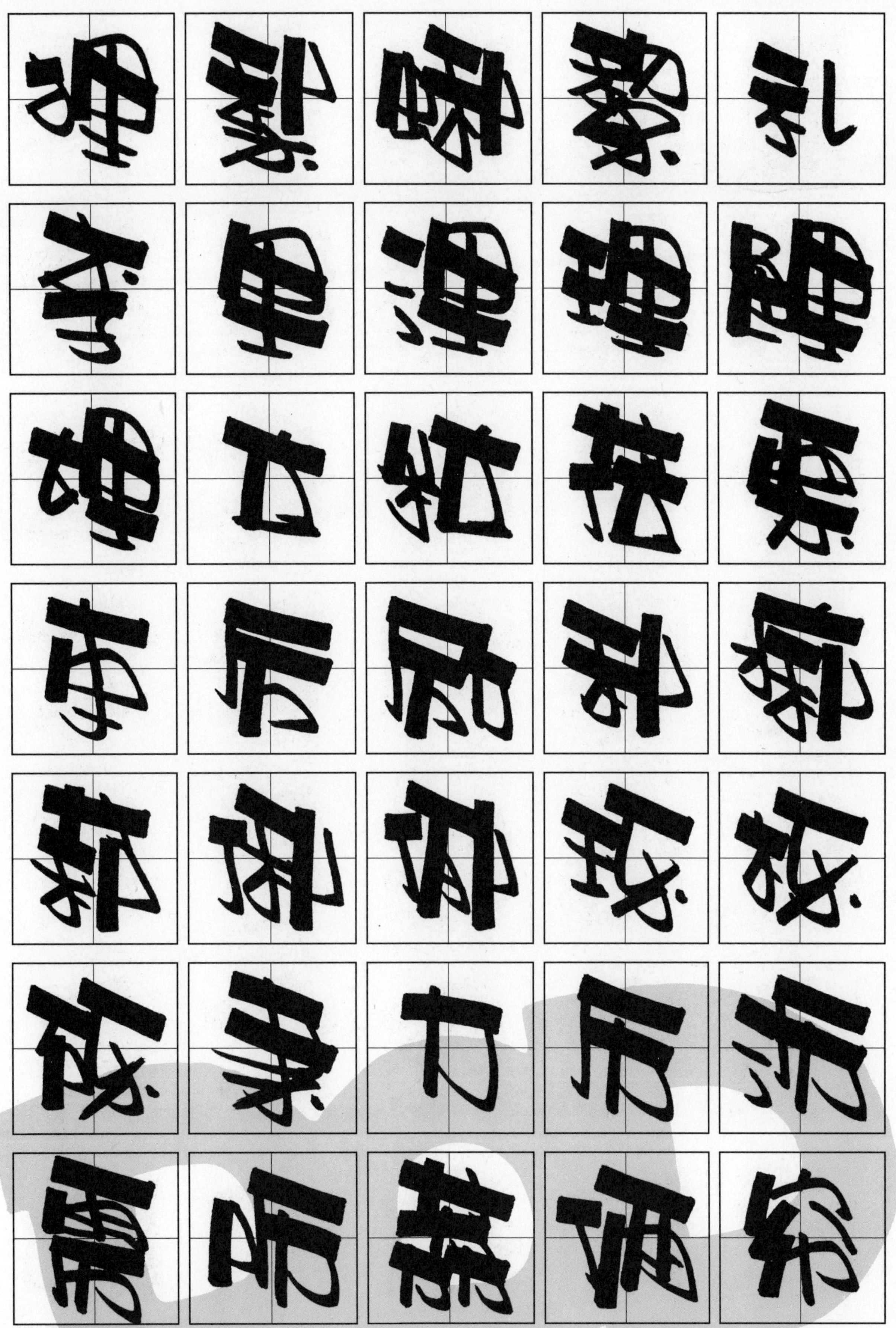

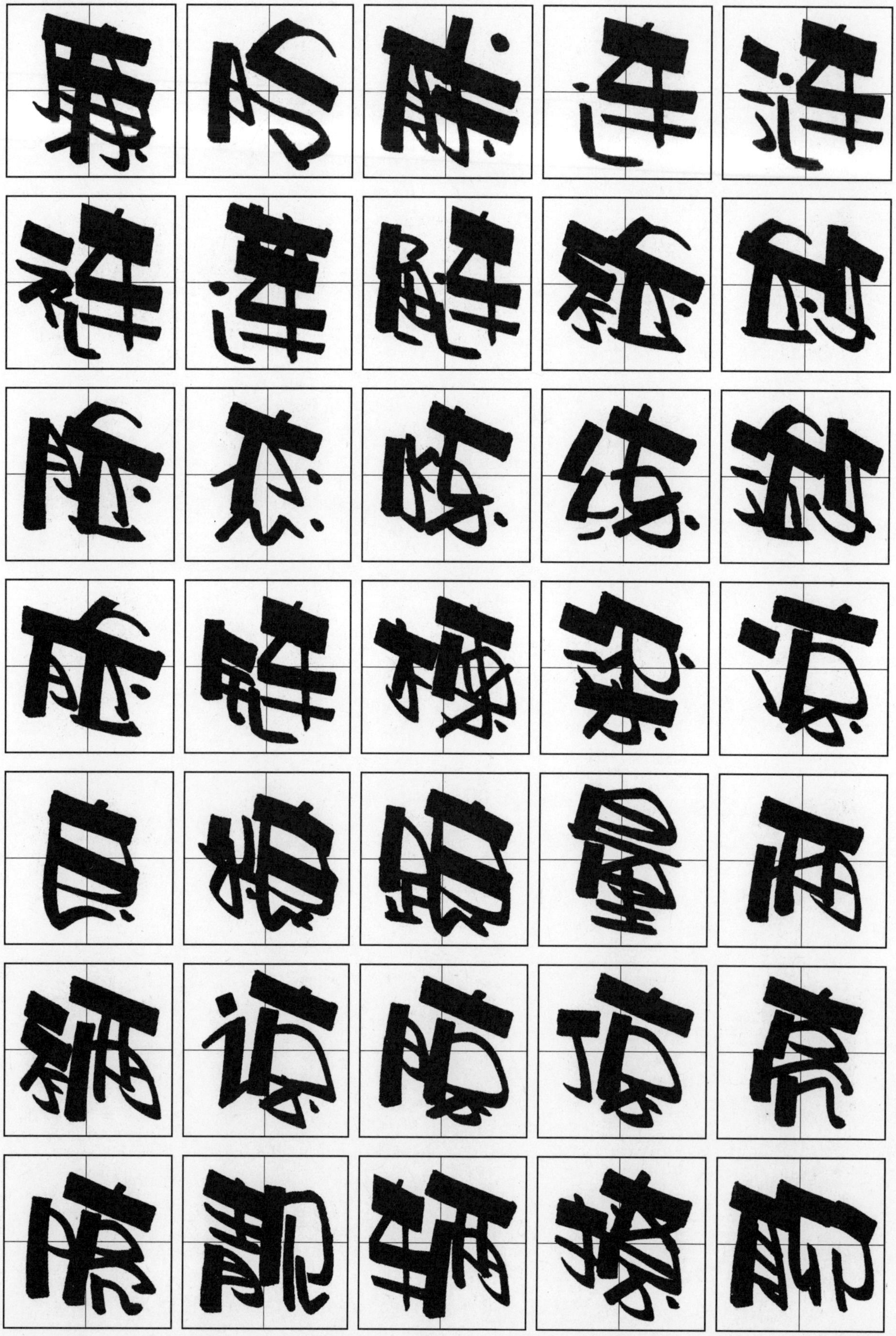

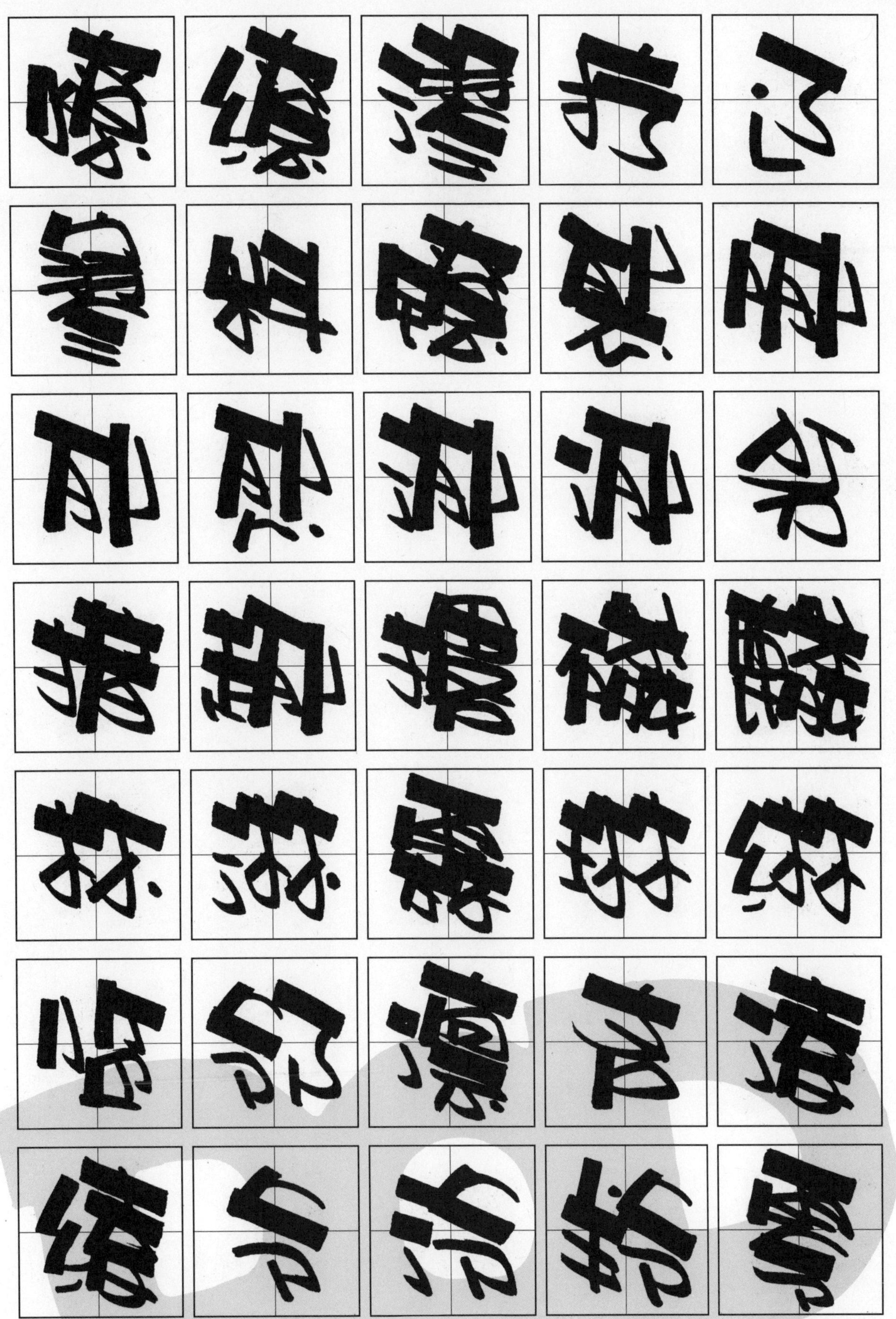

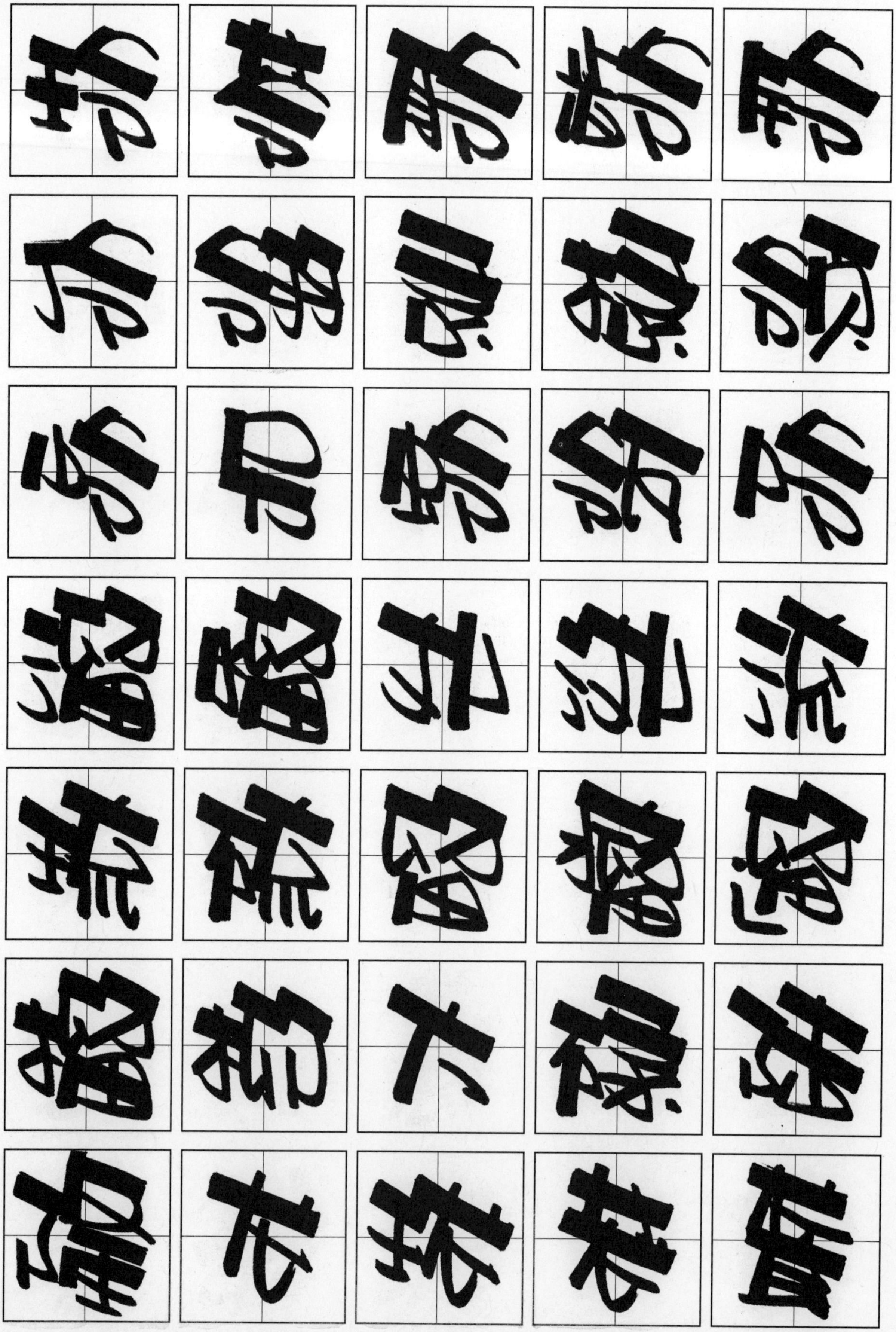

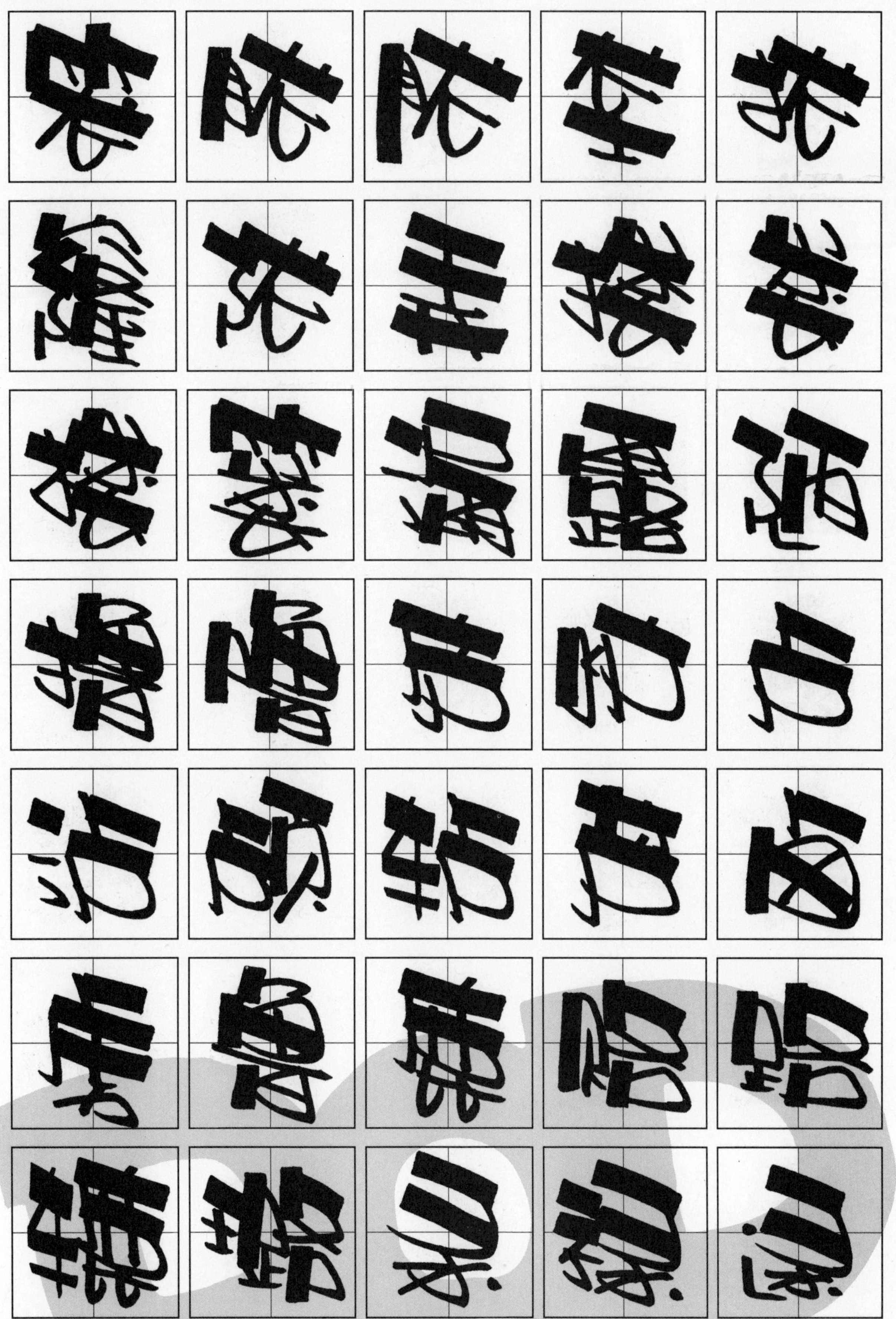

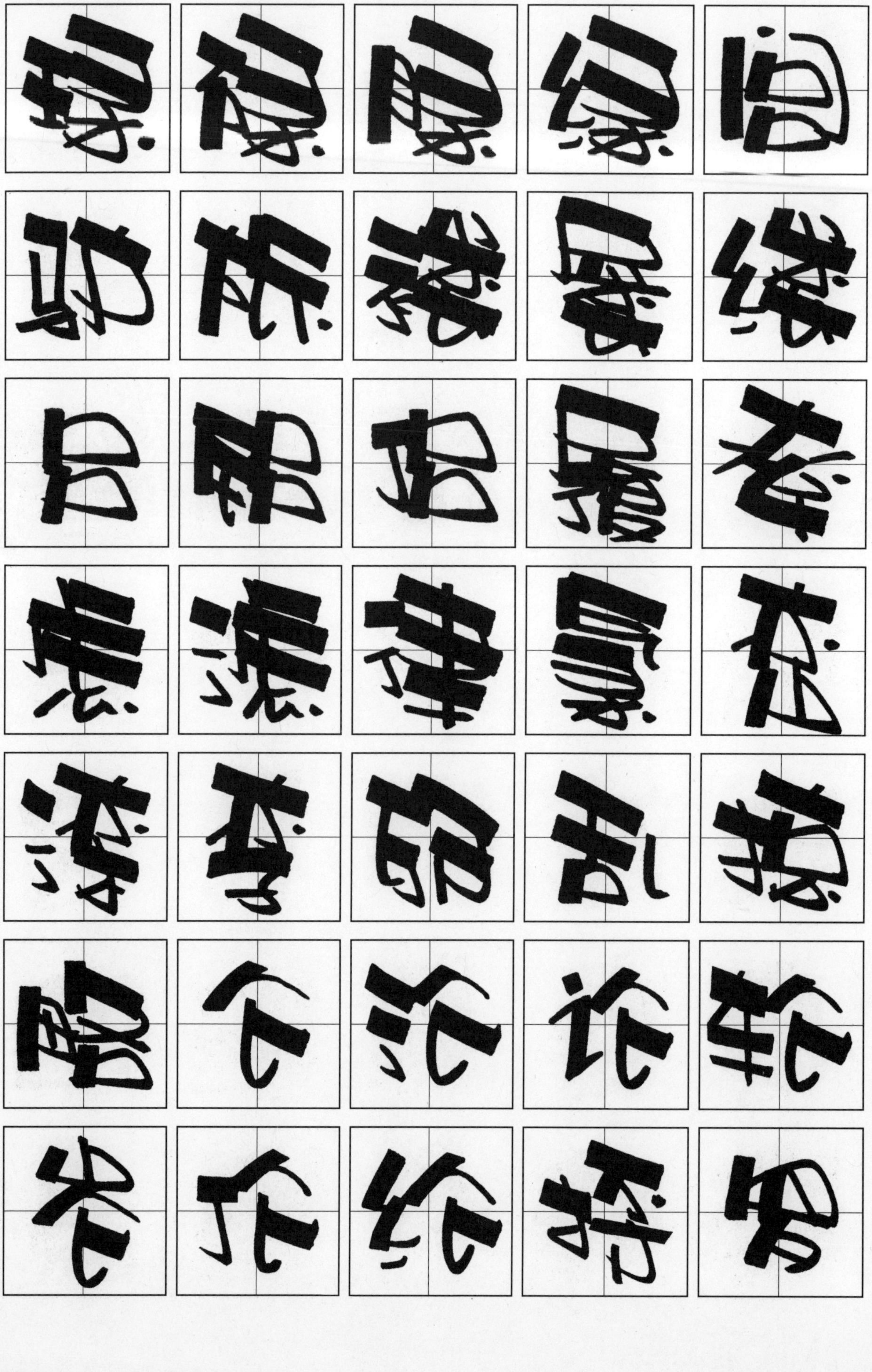

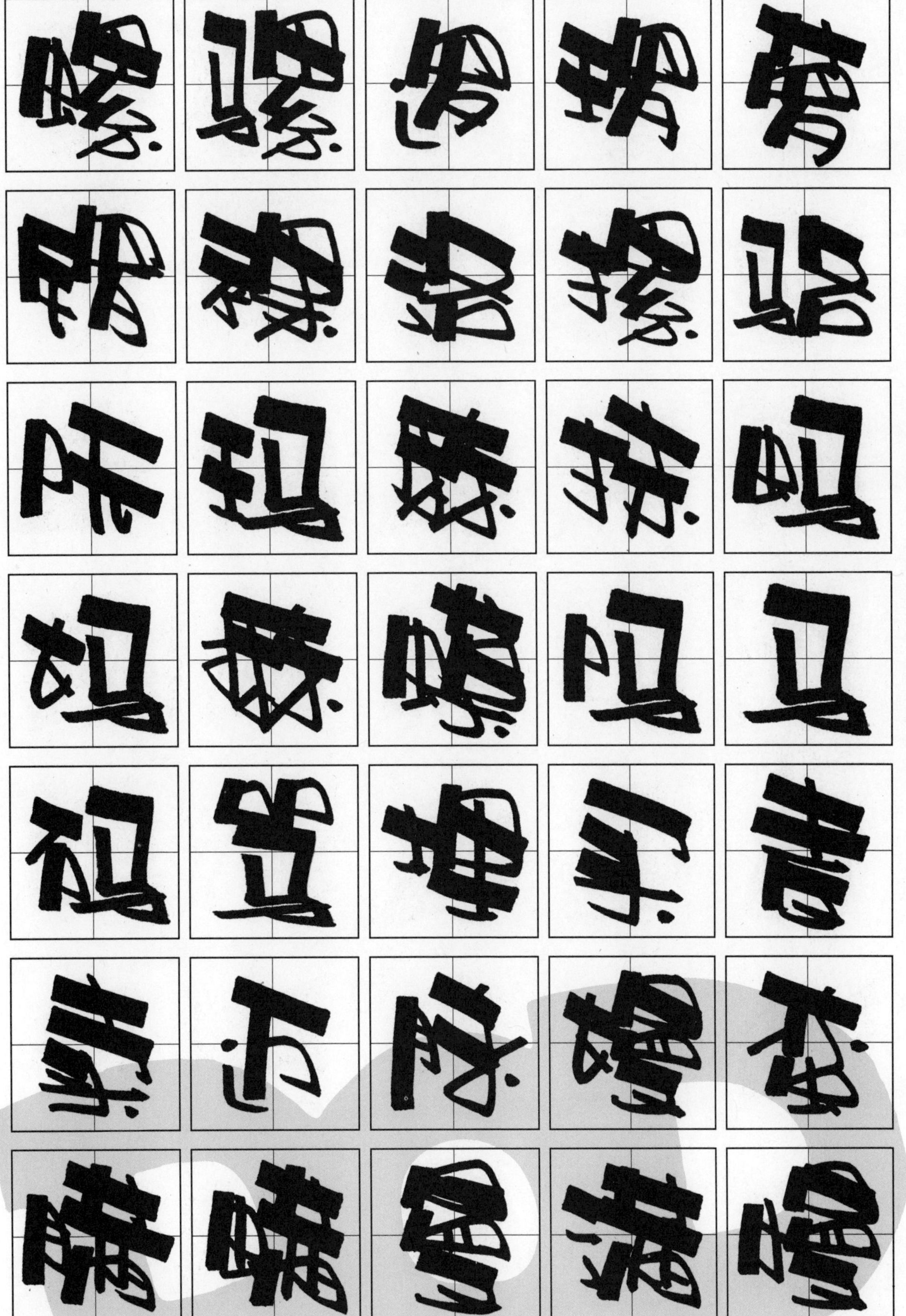

M

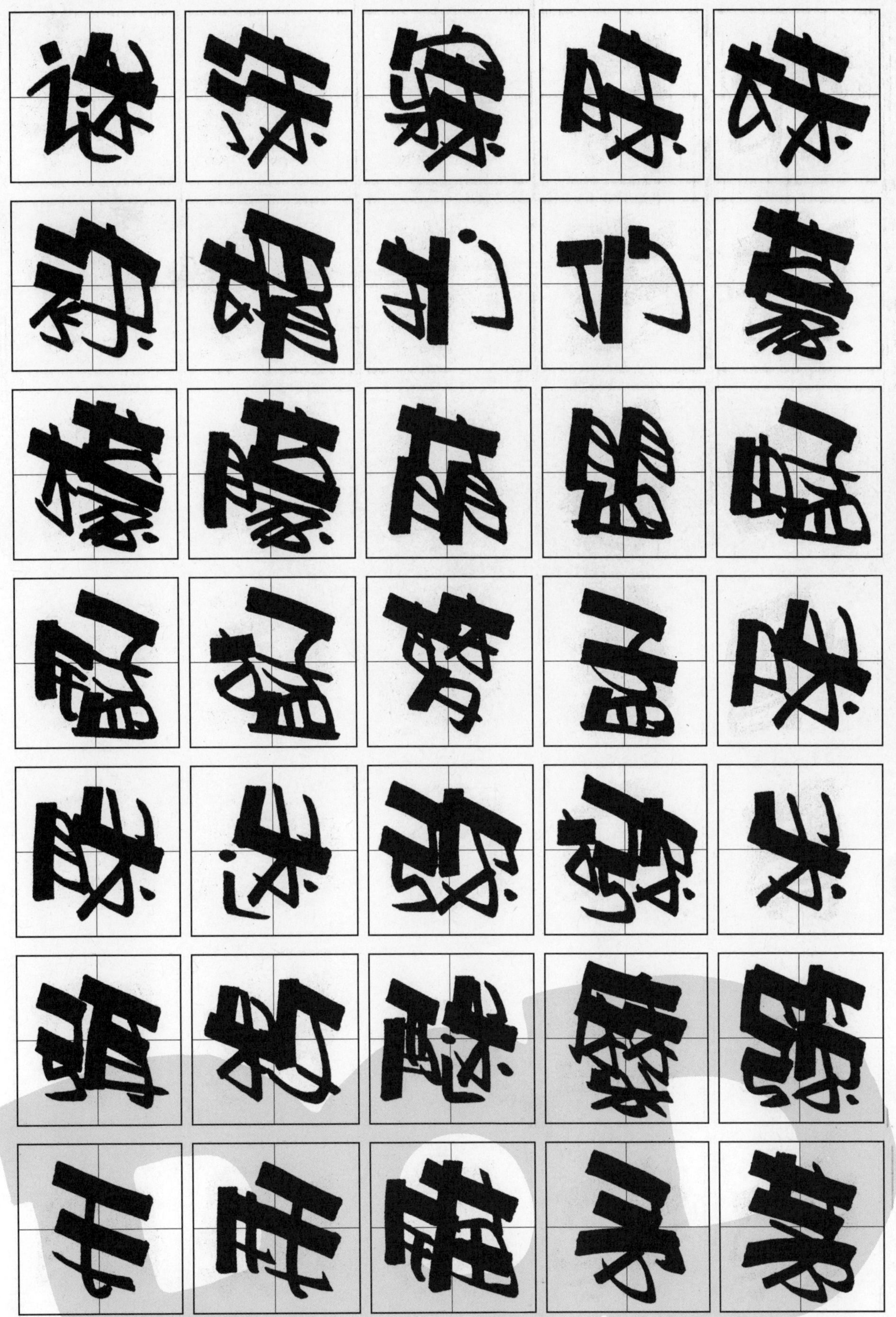

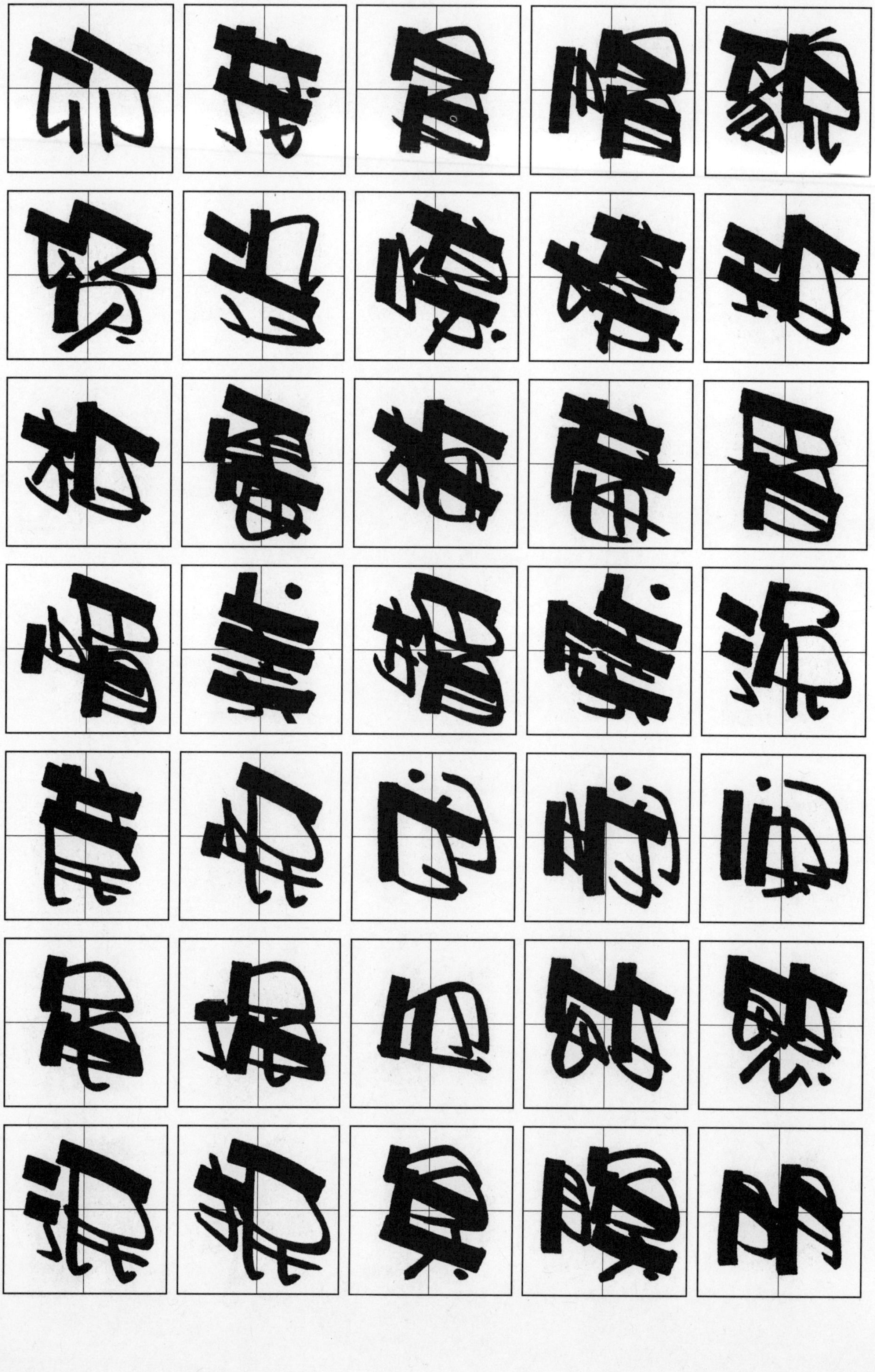

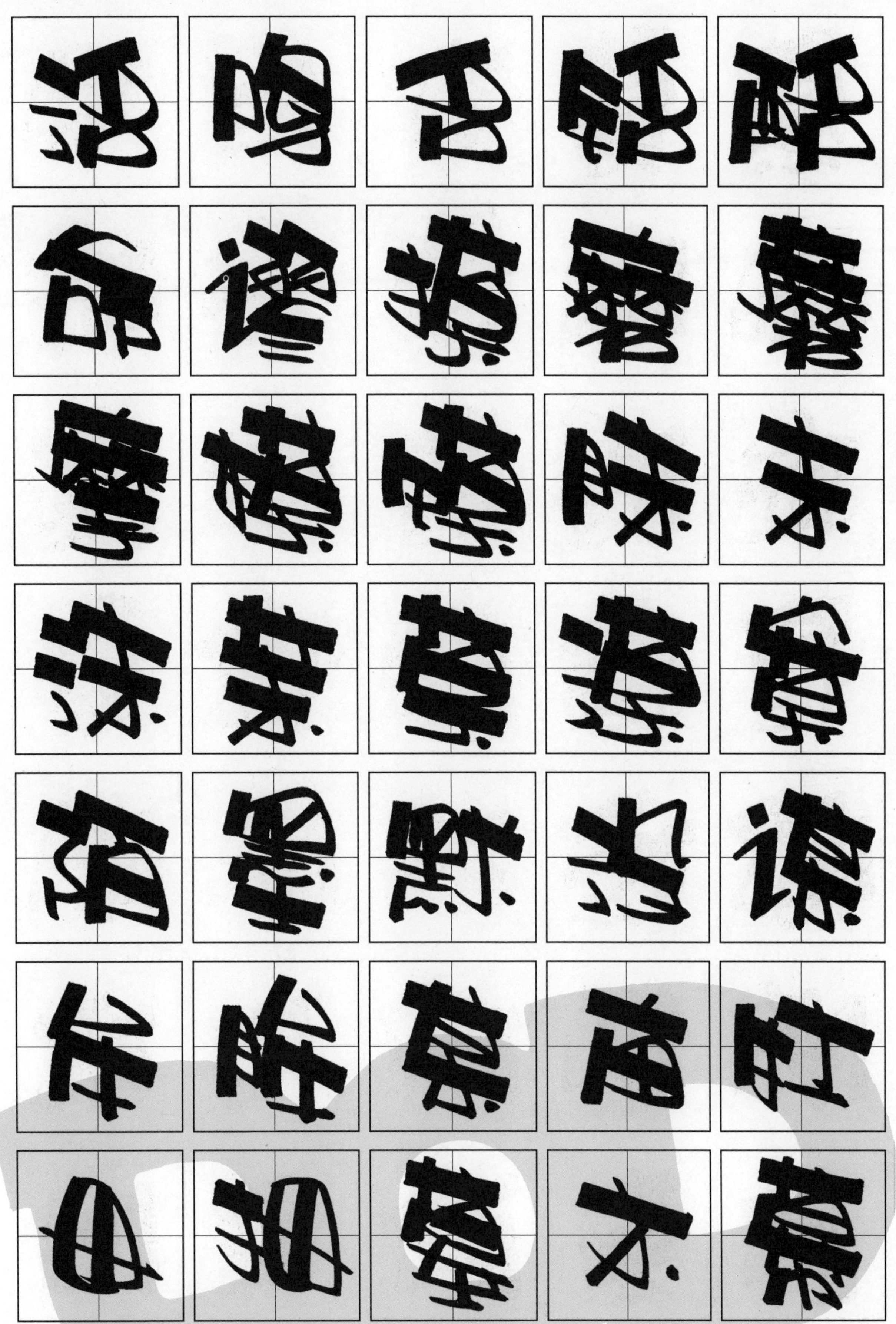

N

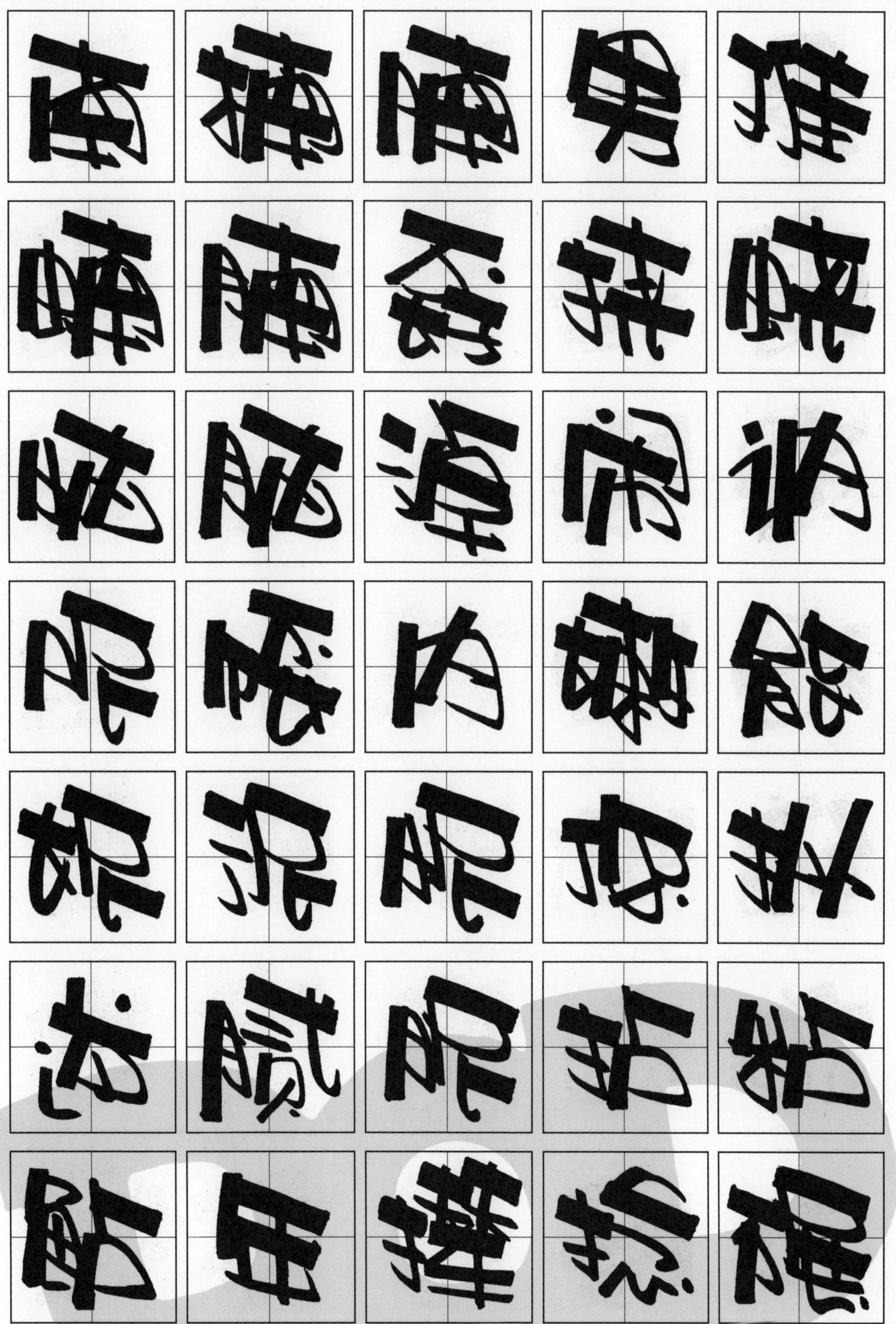

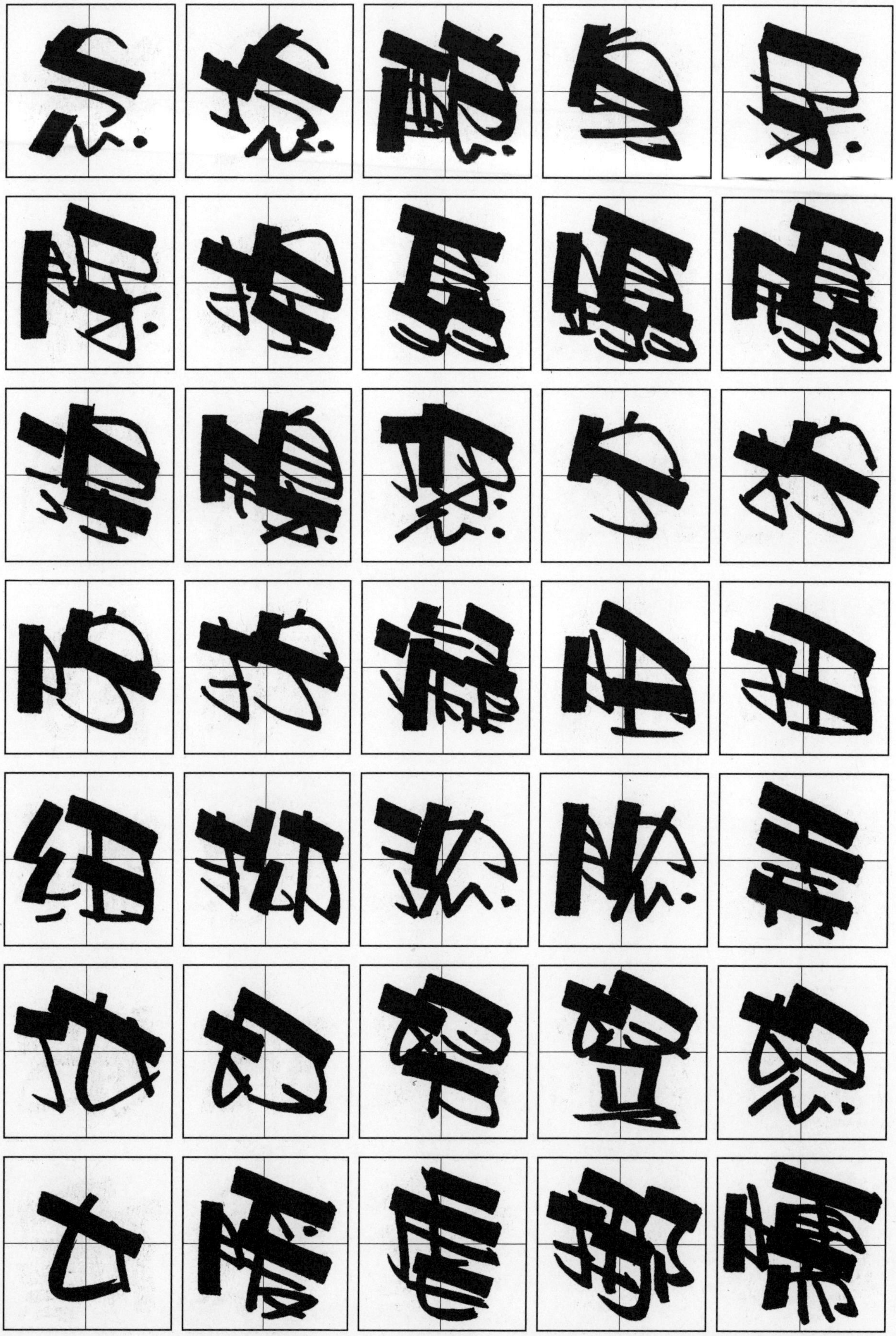

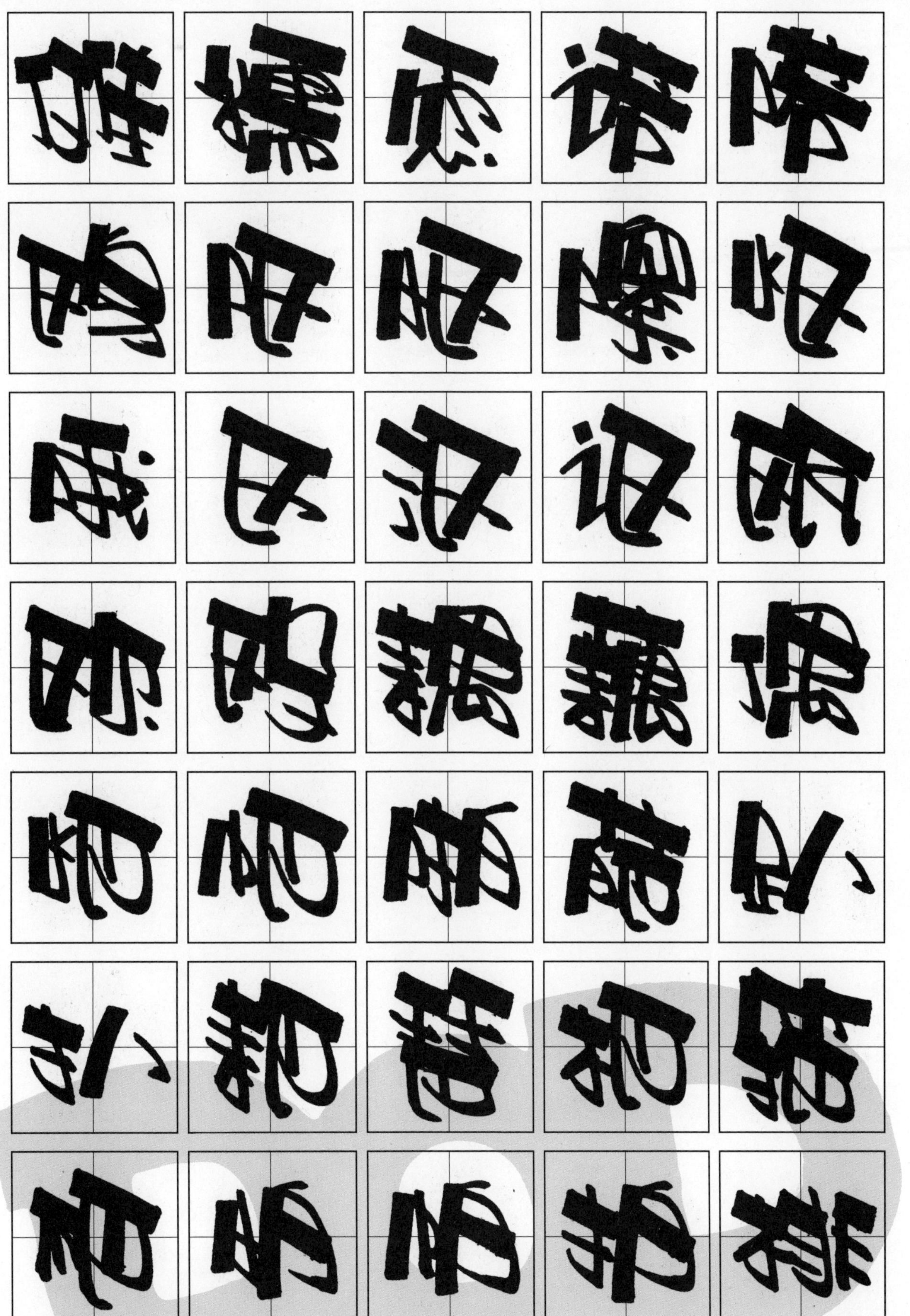

O

P

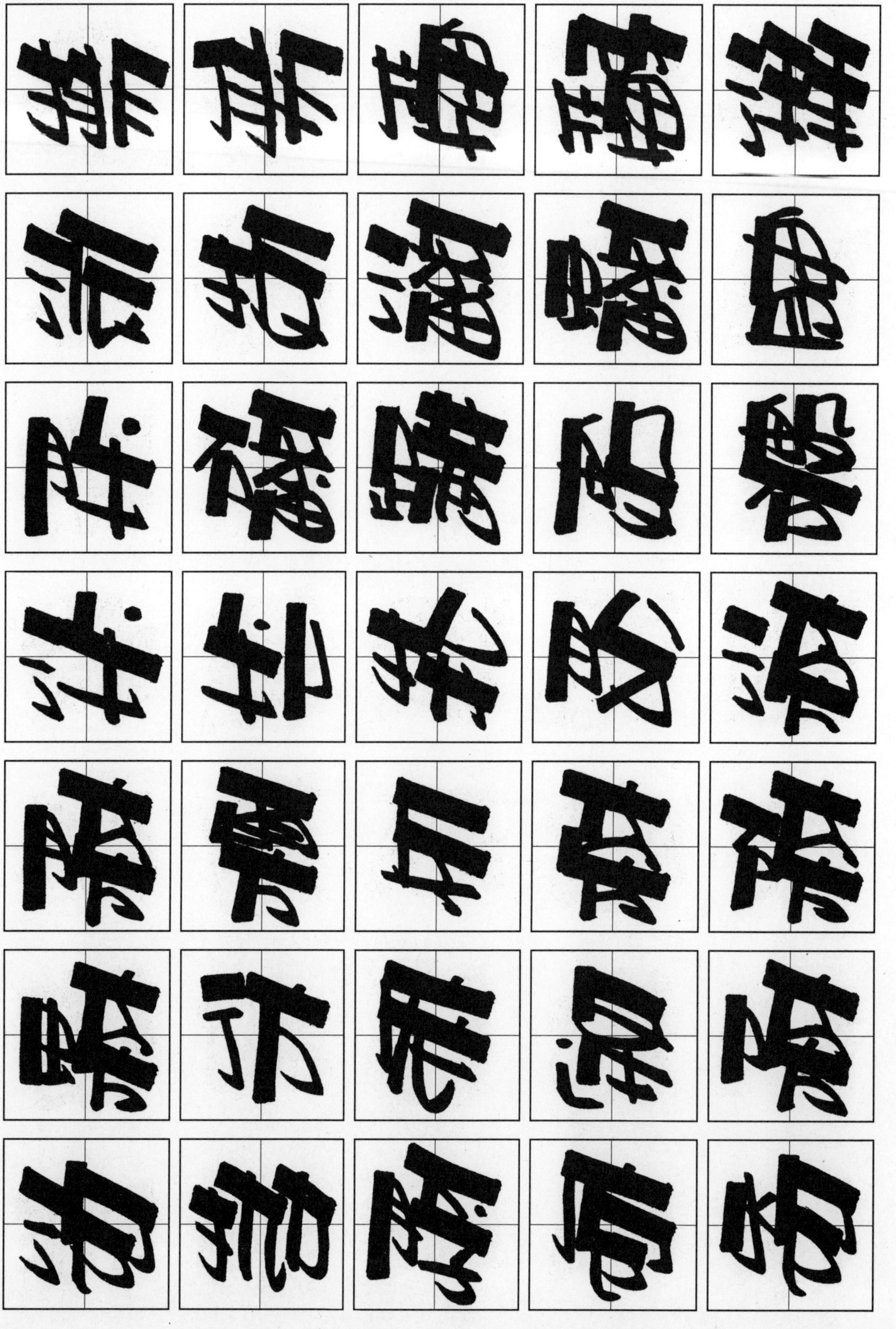

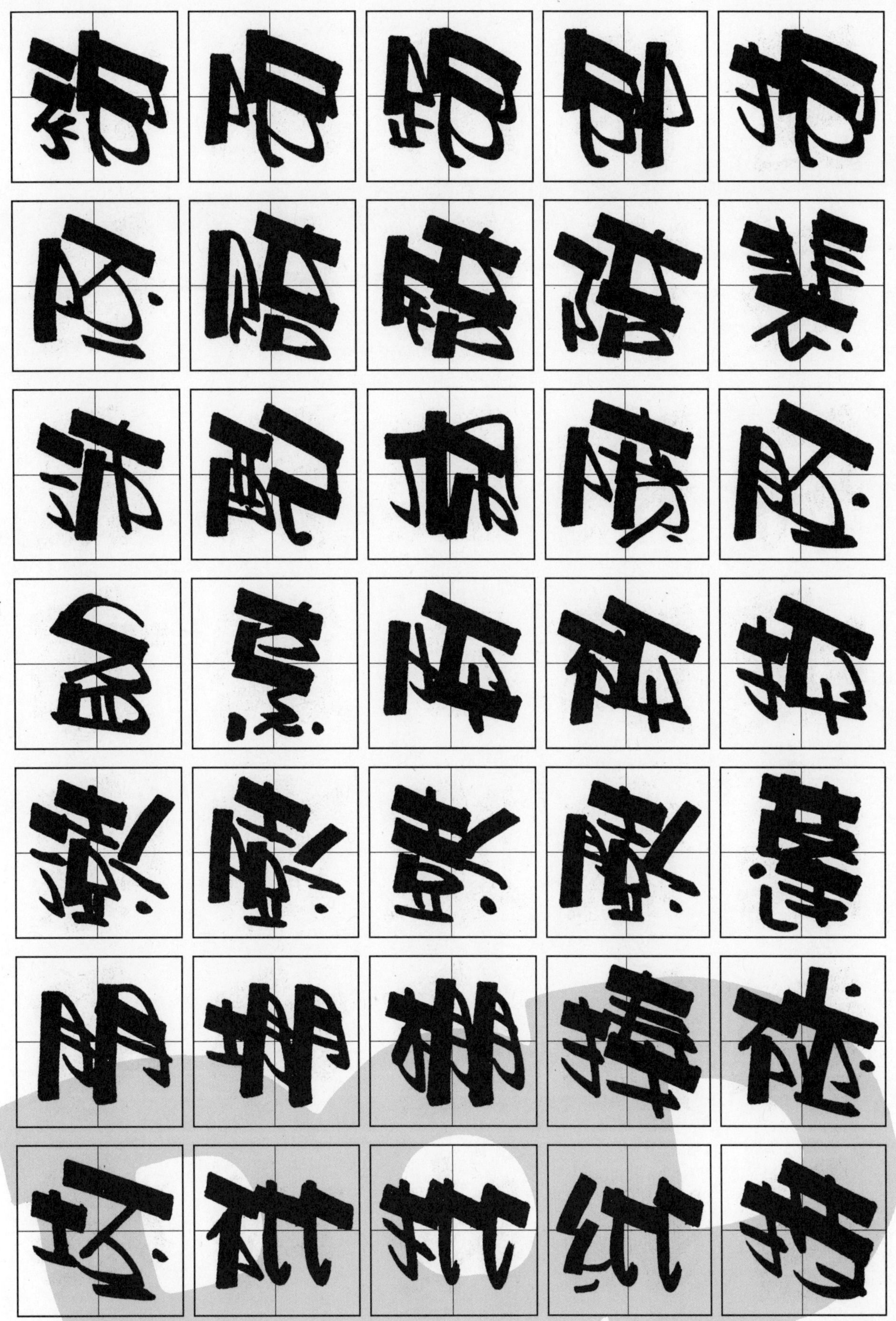

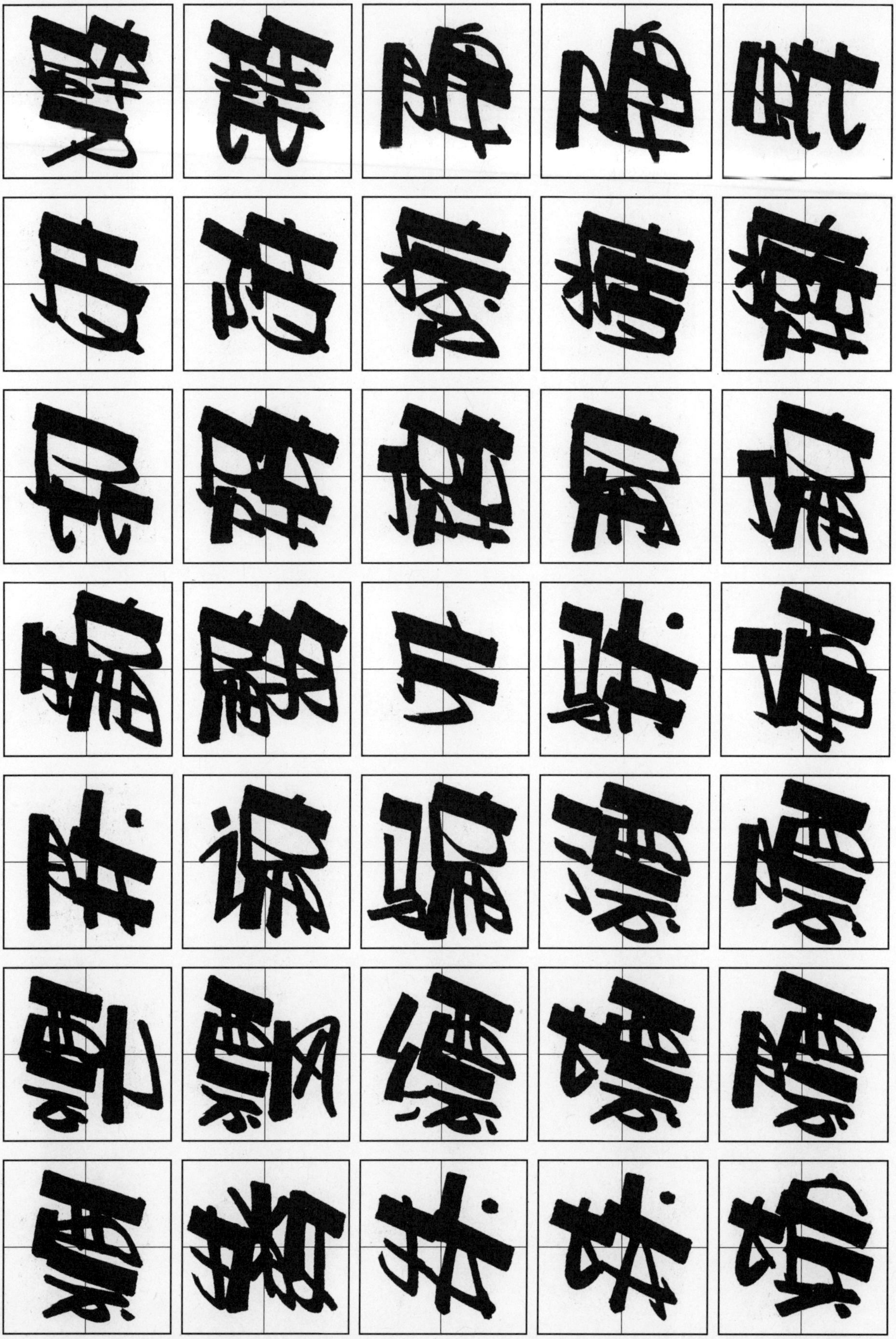

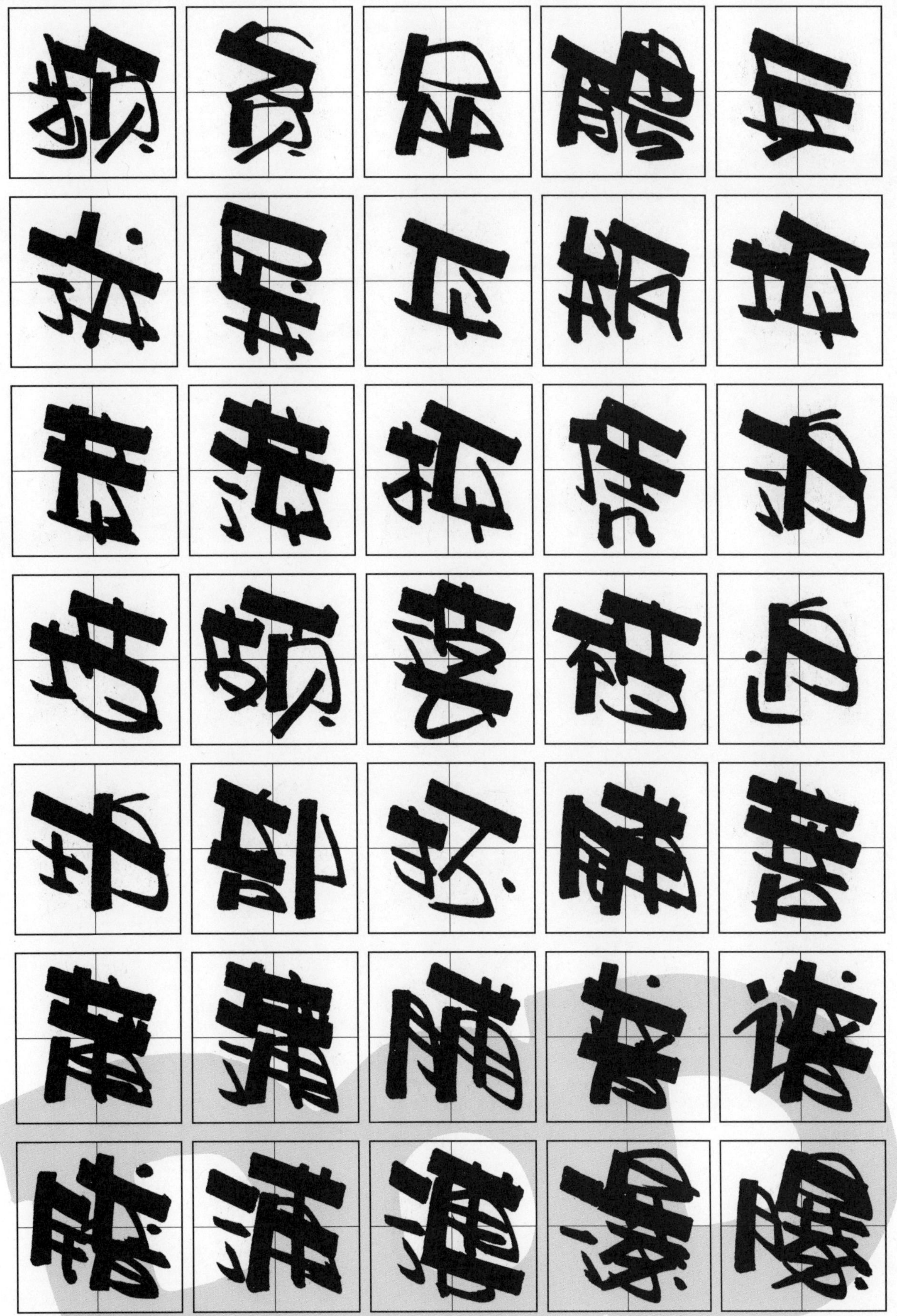

Q

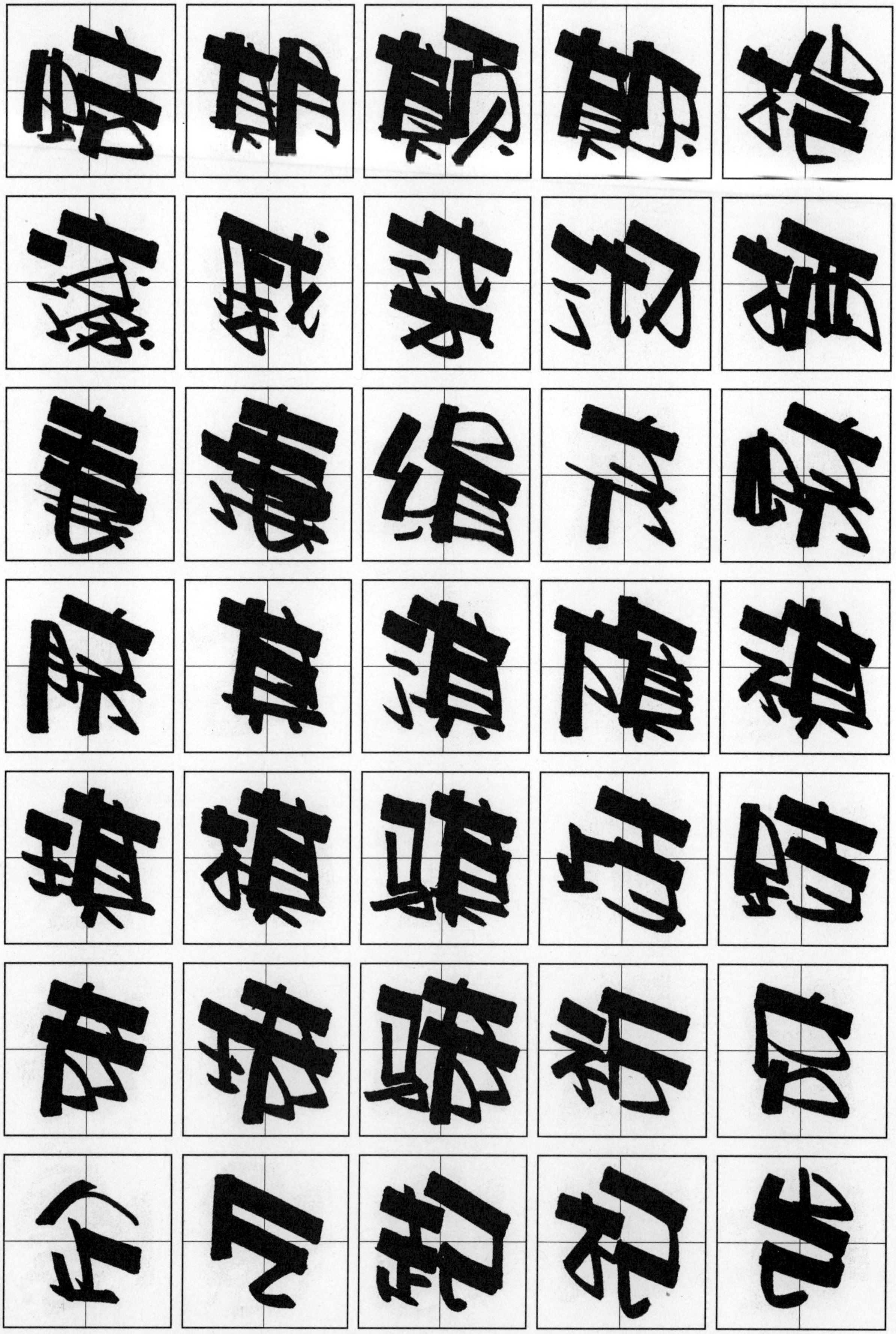

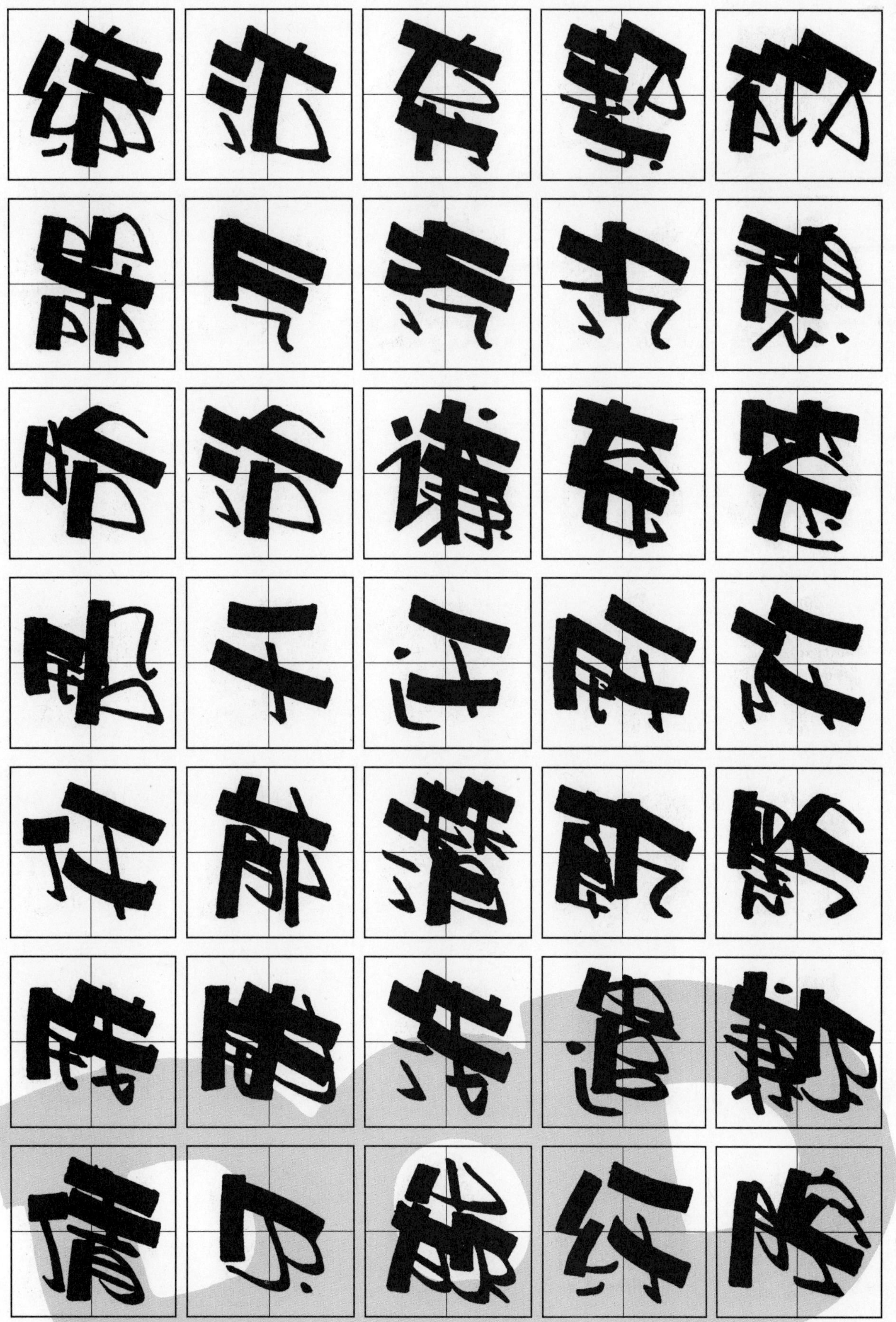

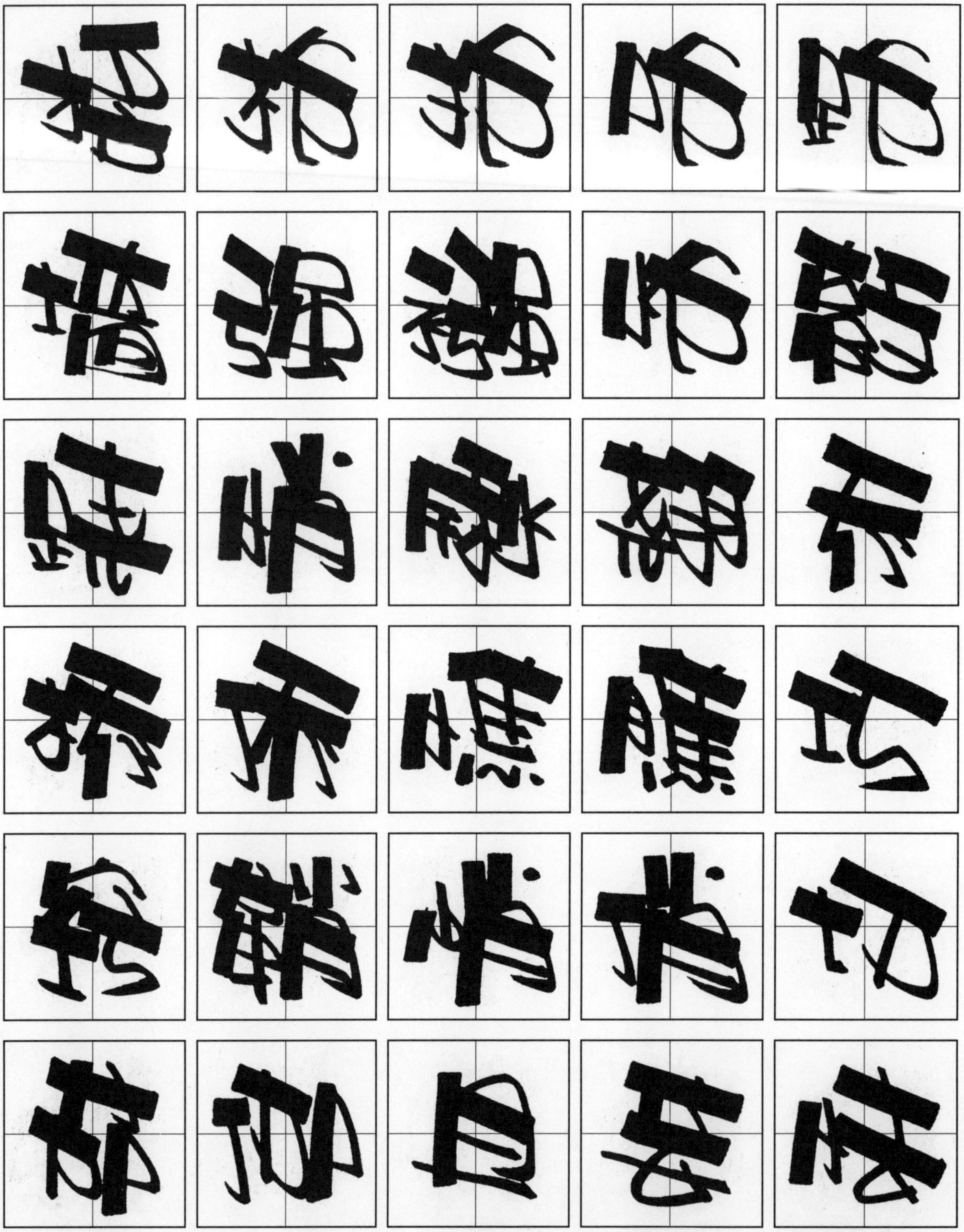

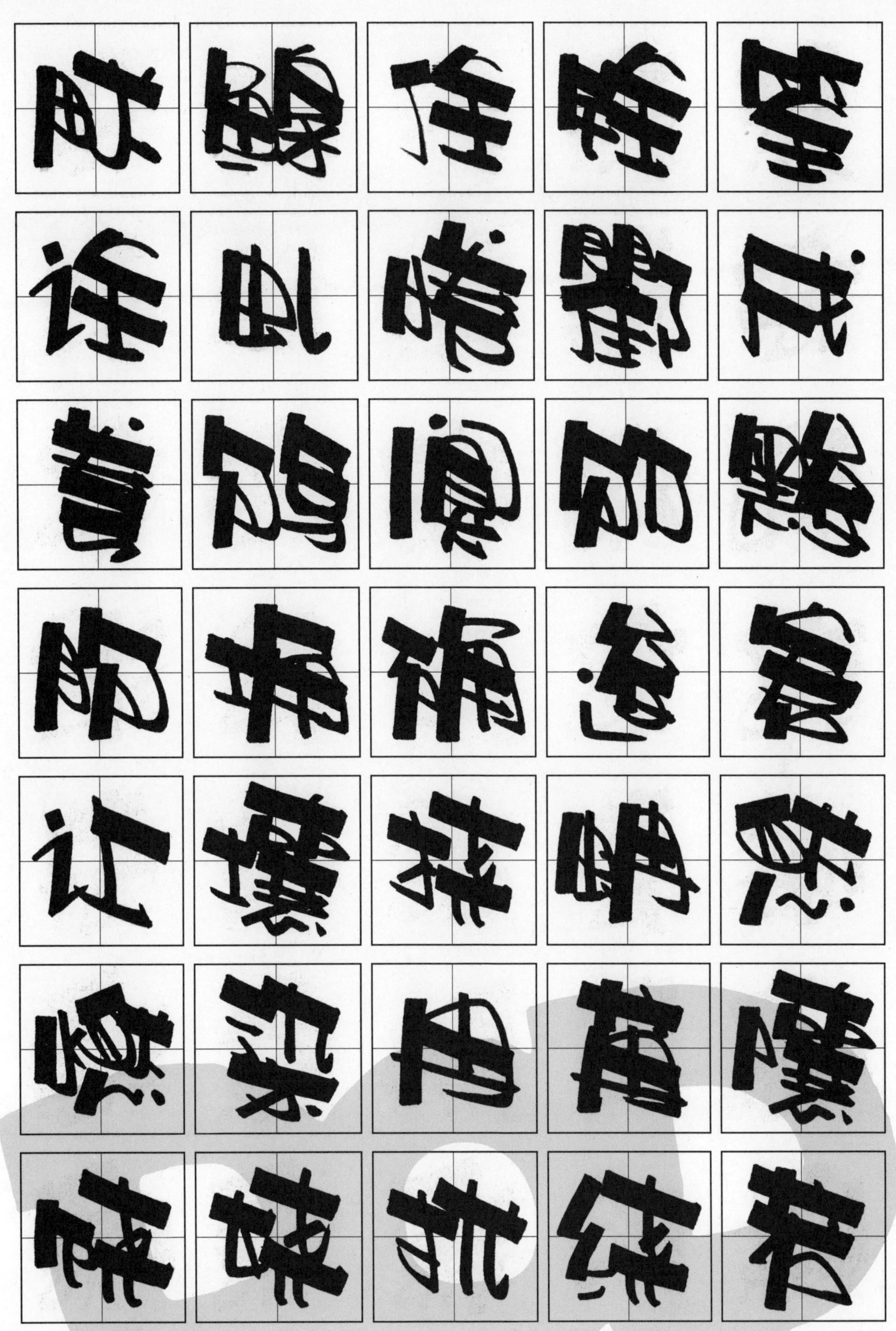

R

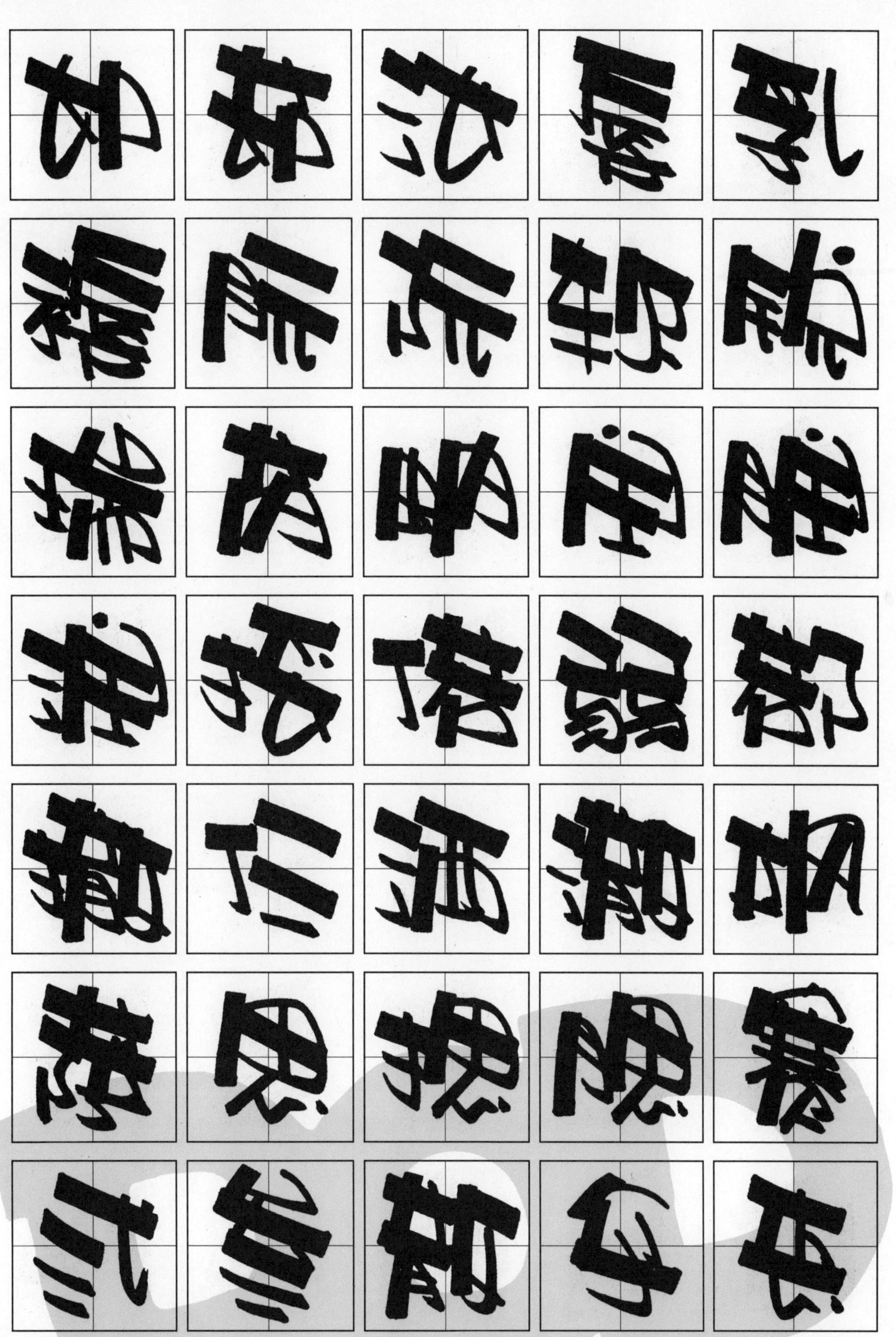

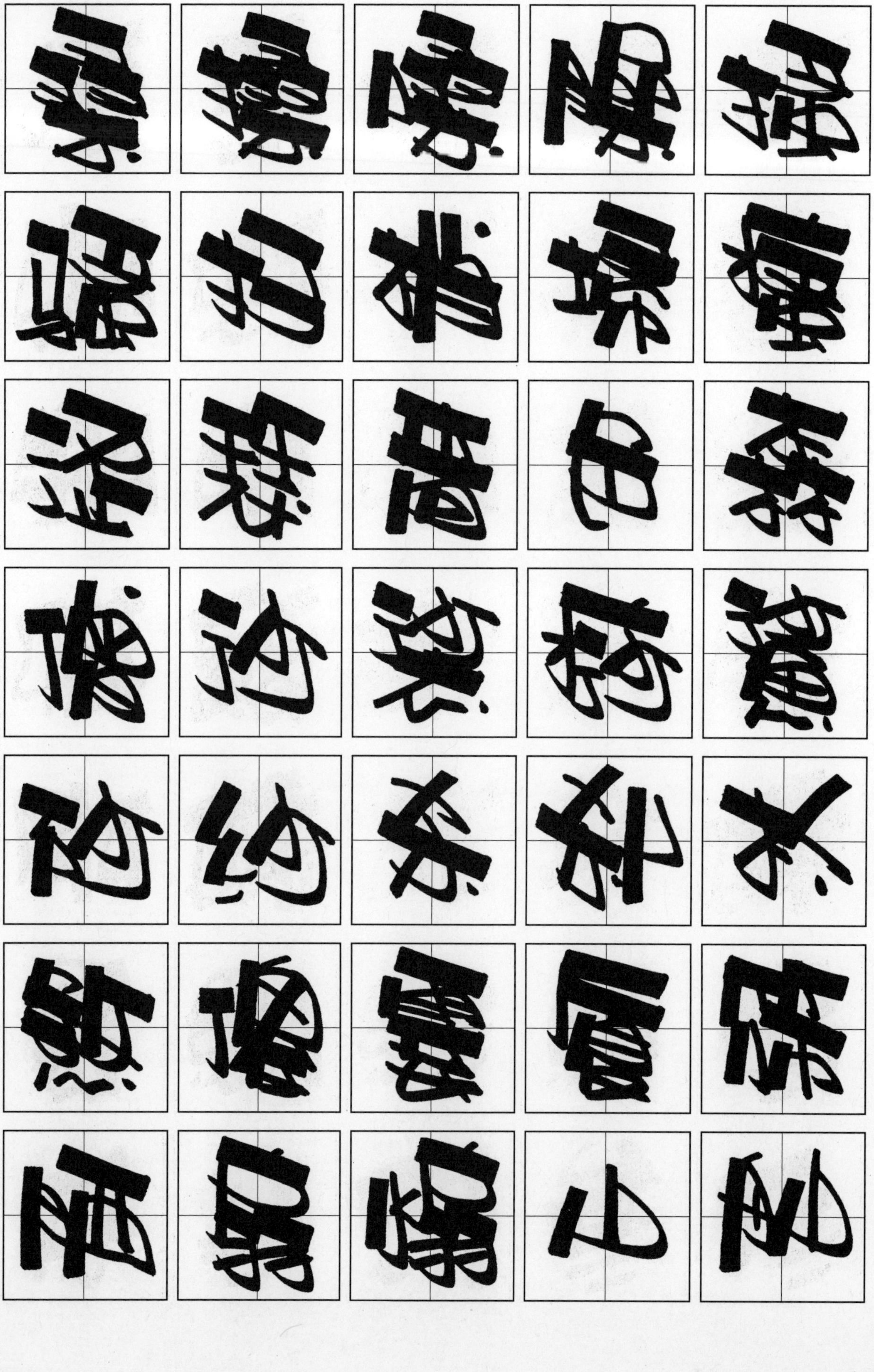

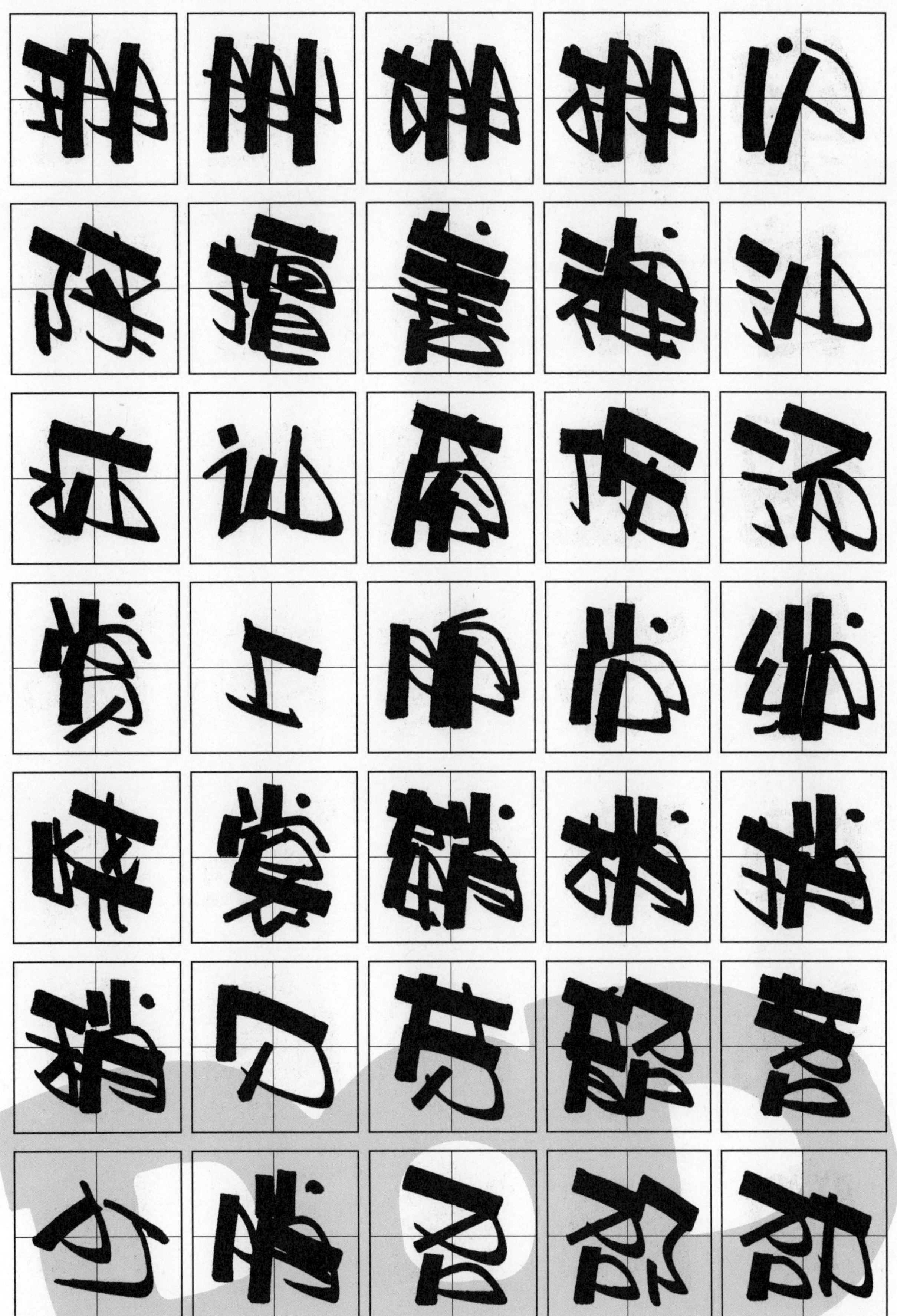

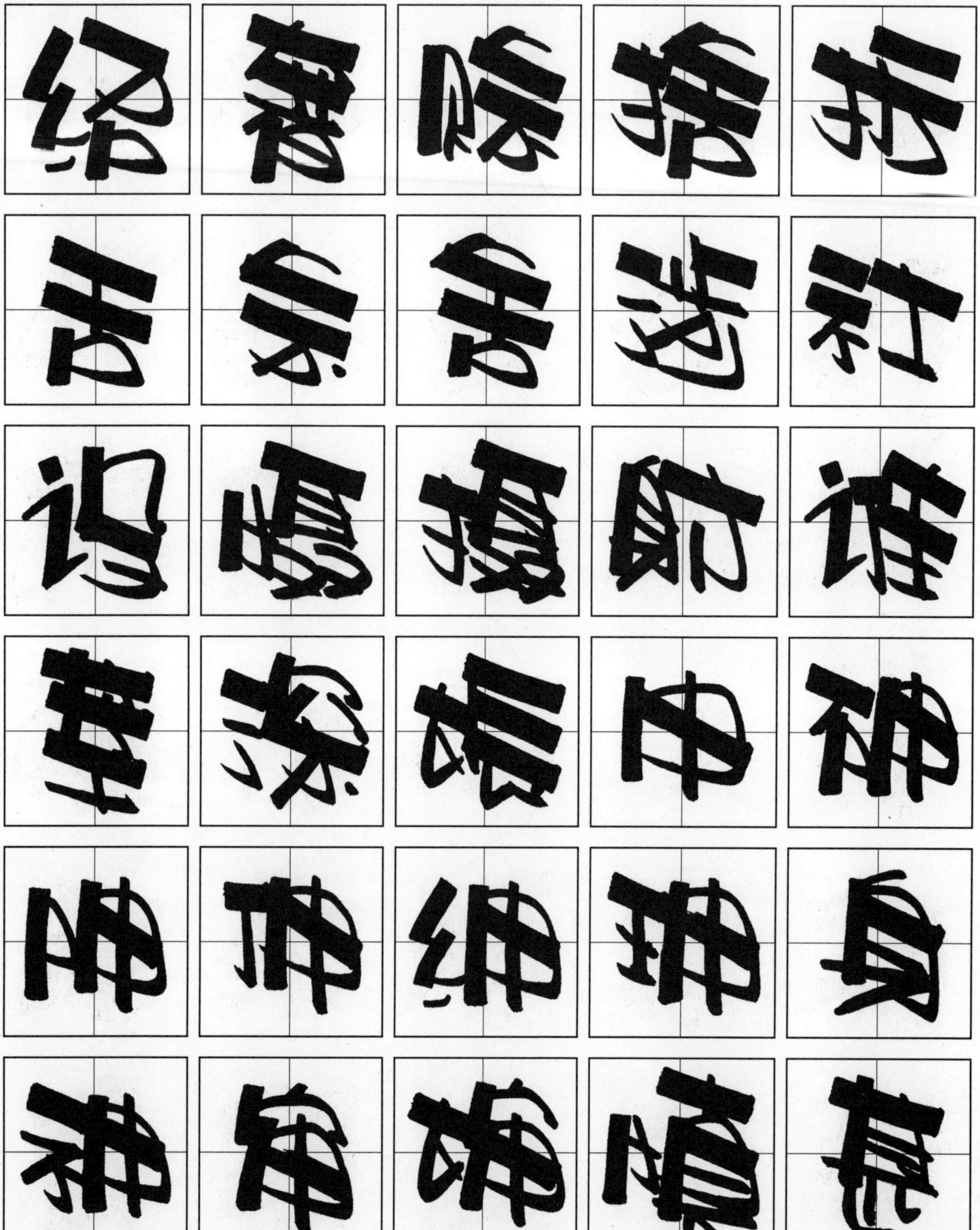

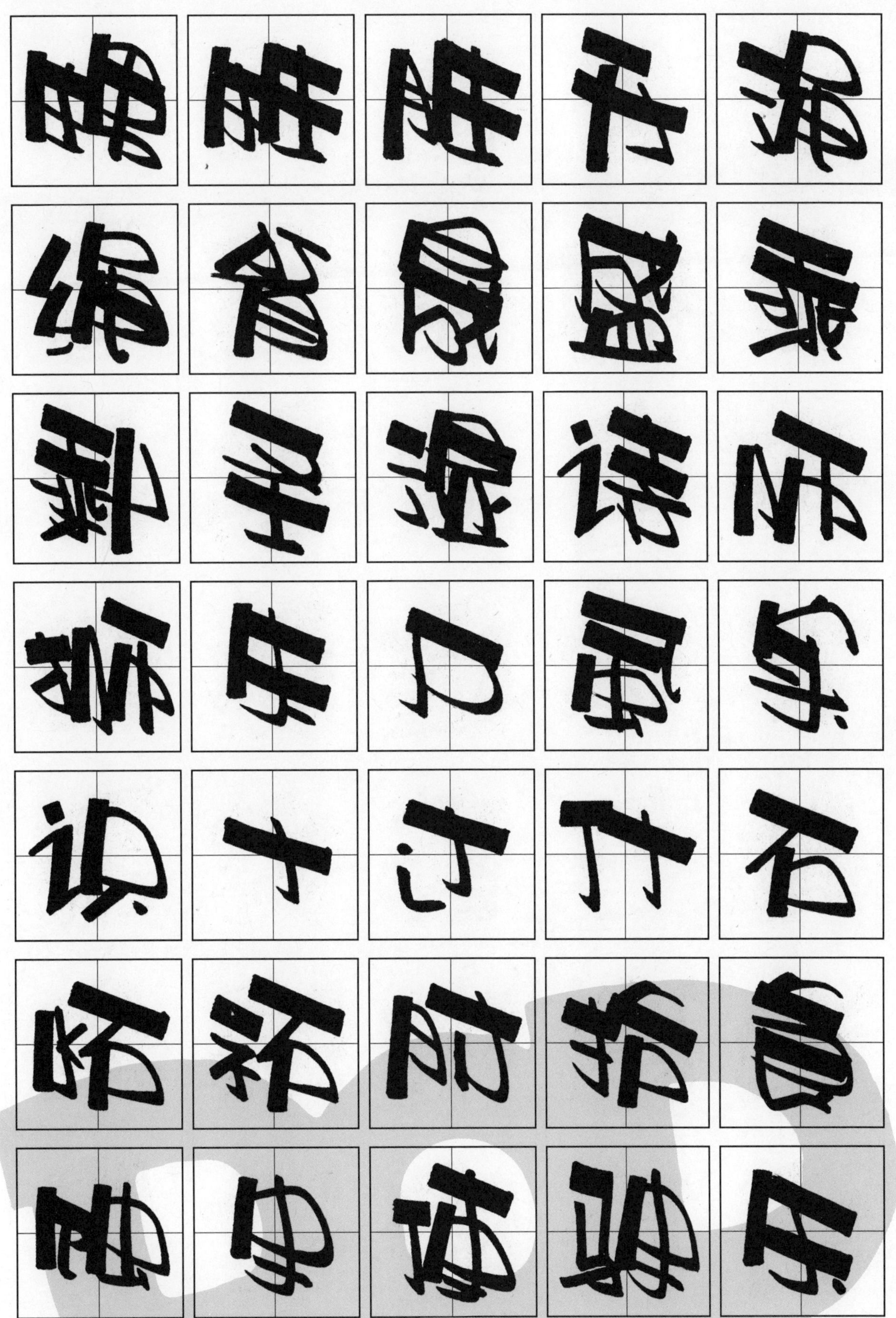

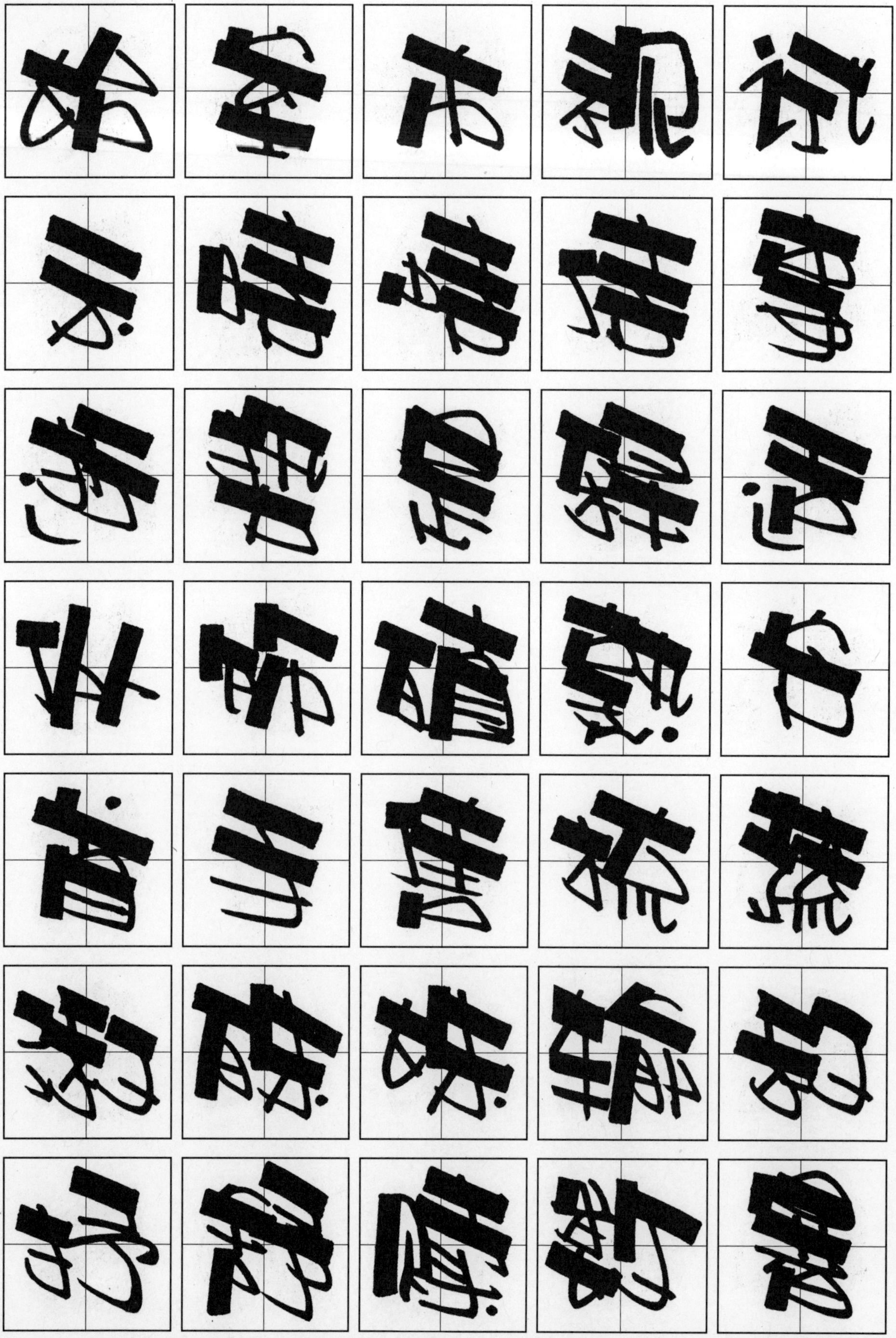

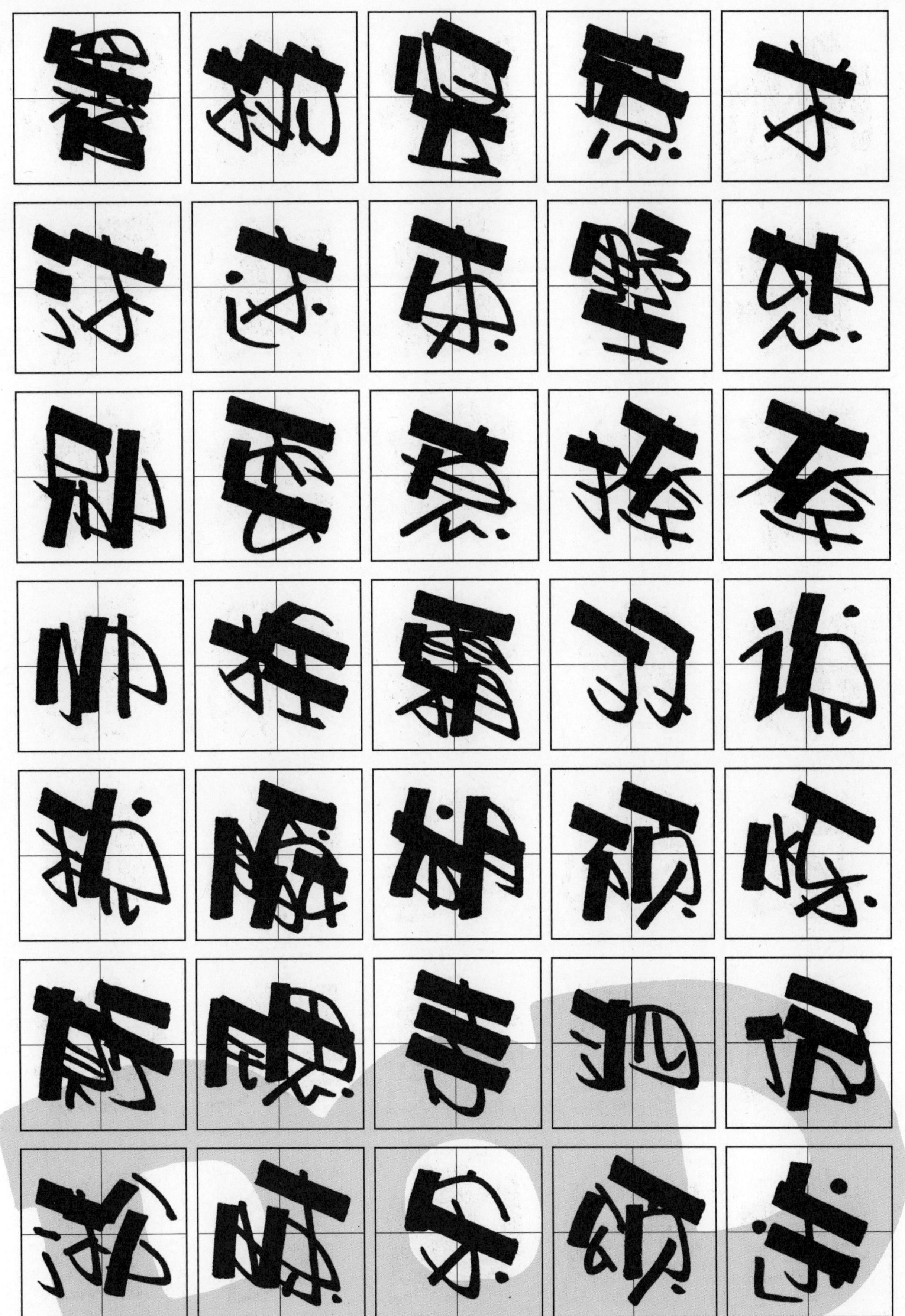

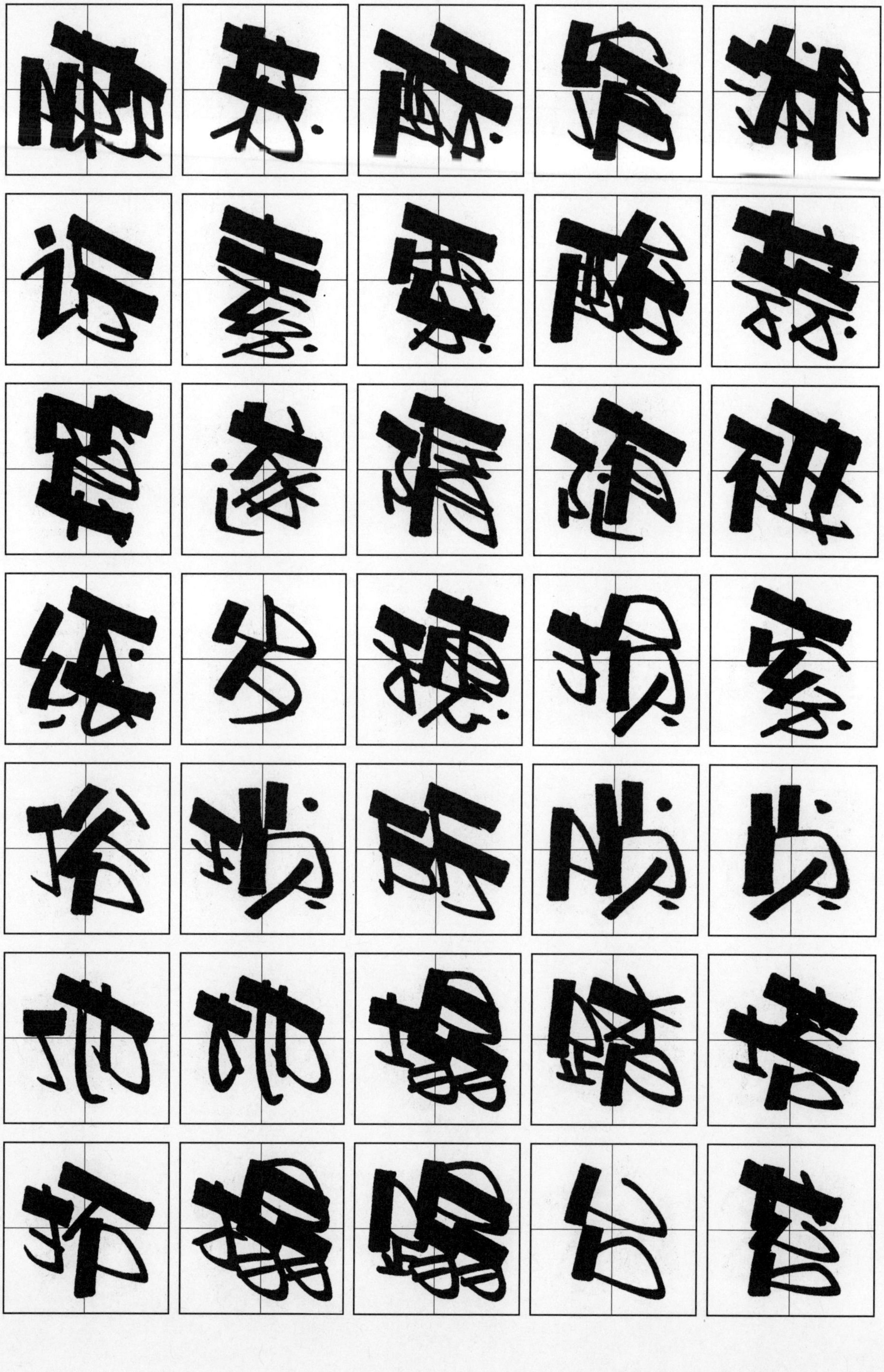

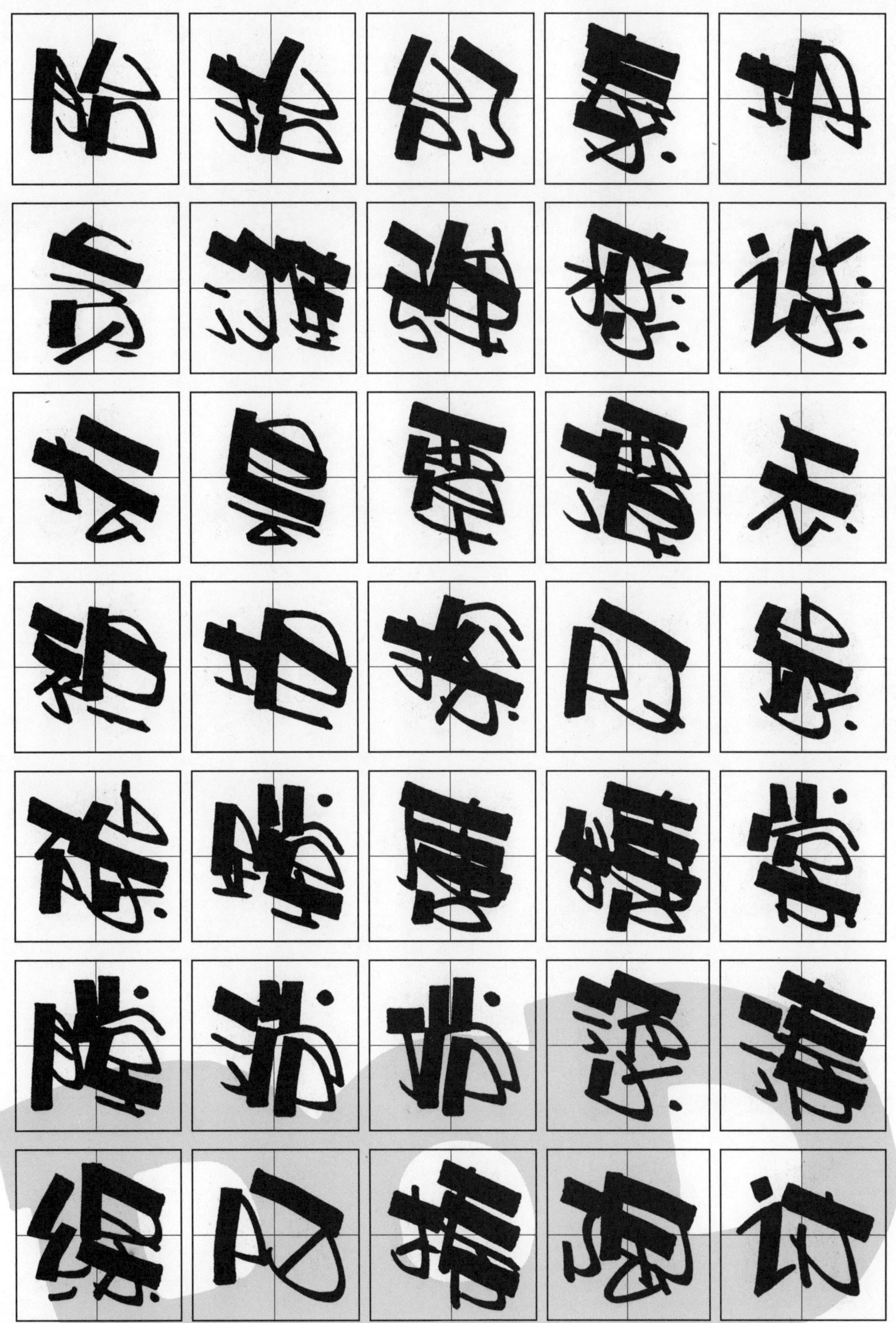

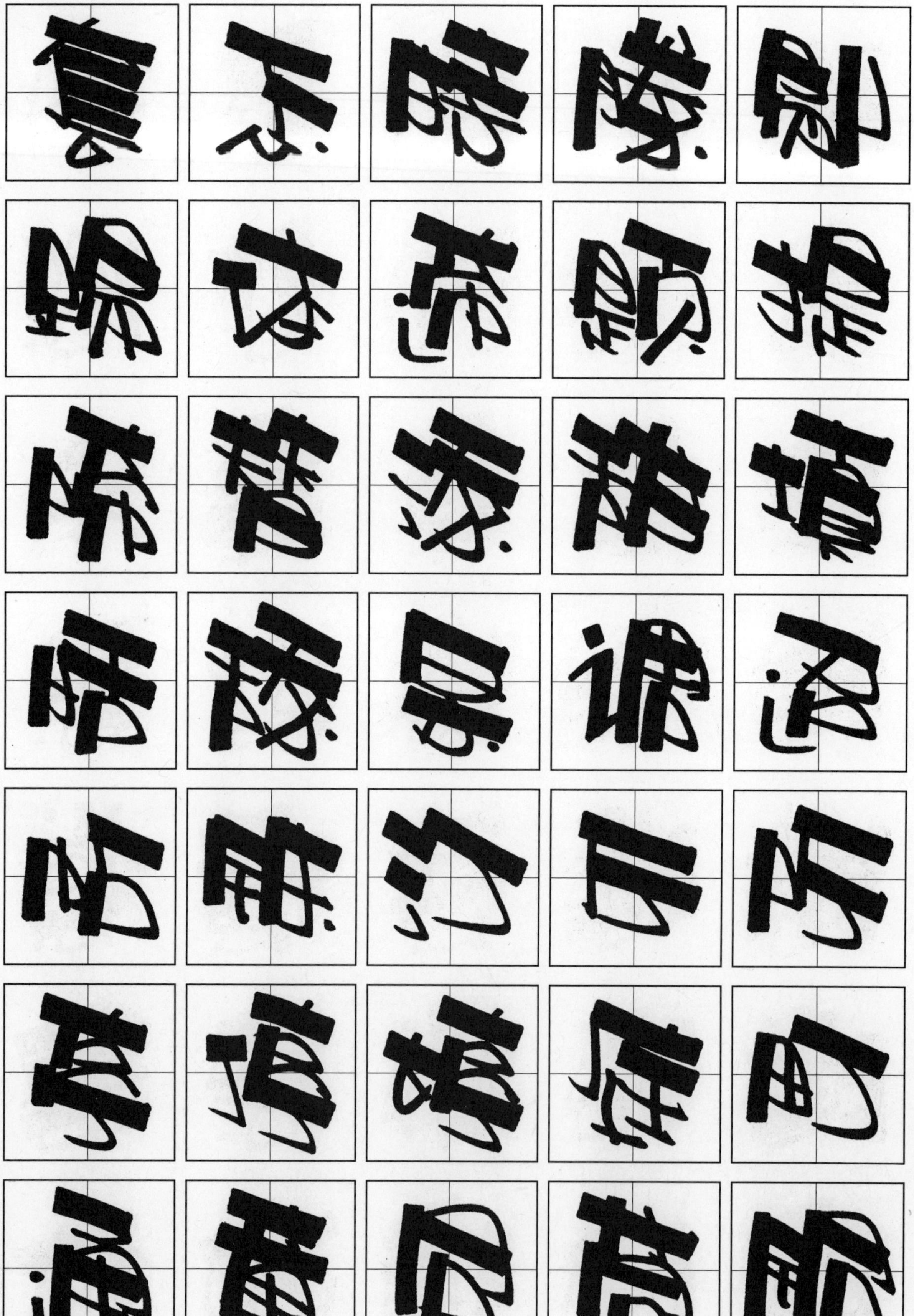

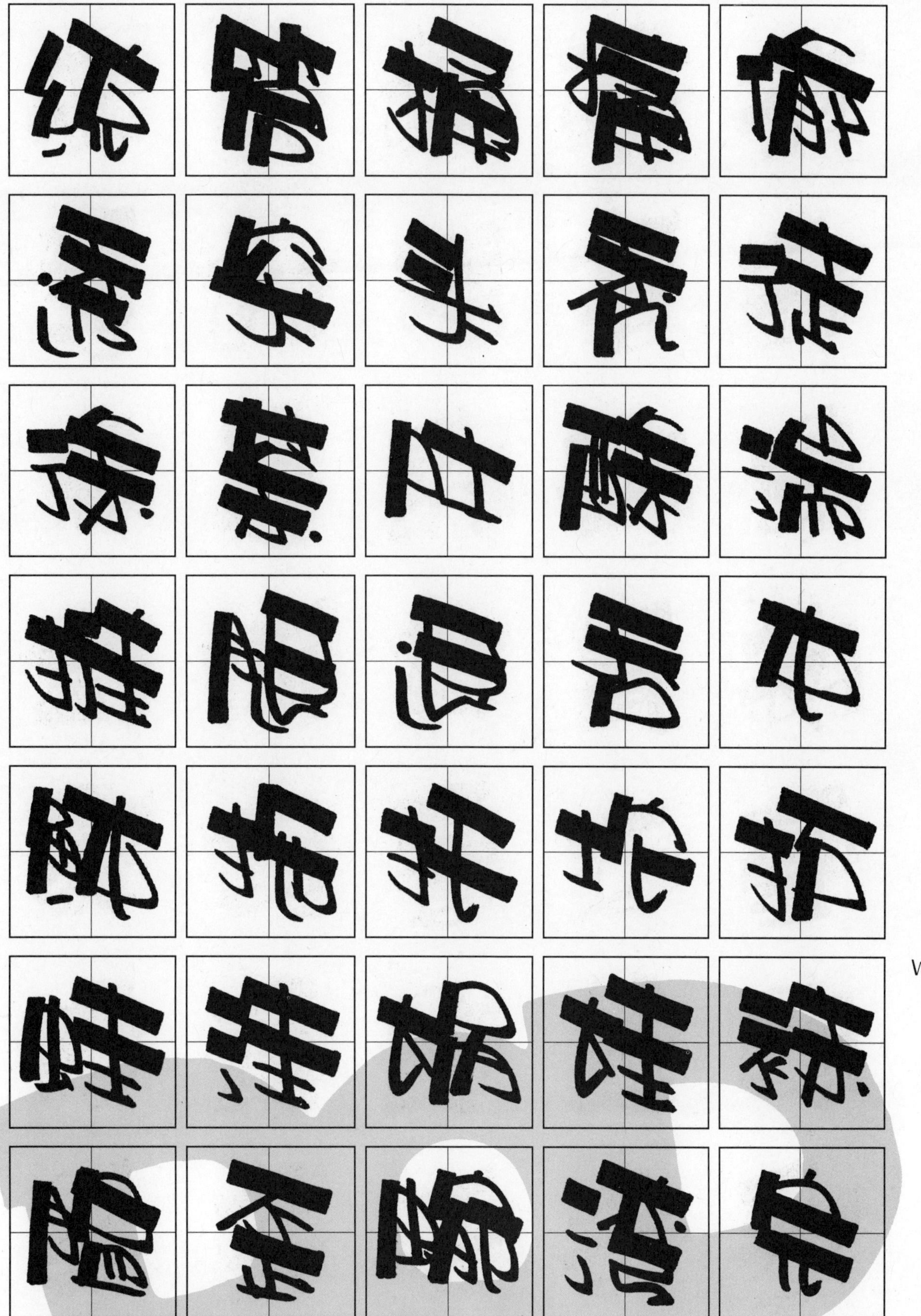

W

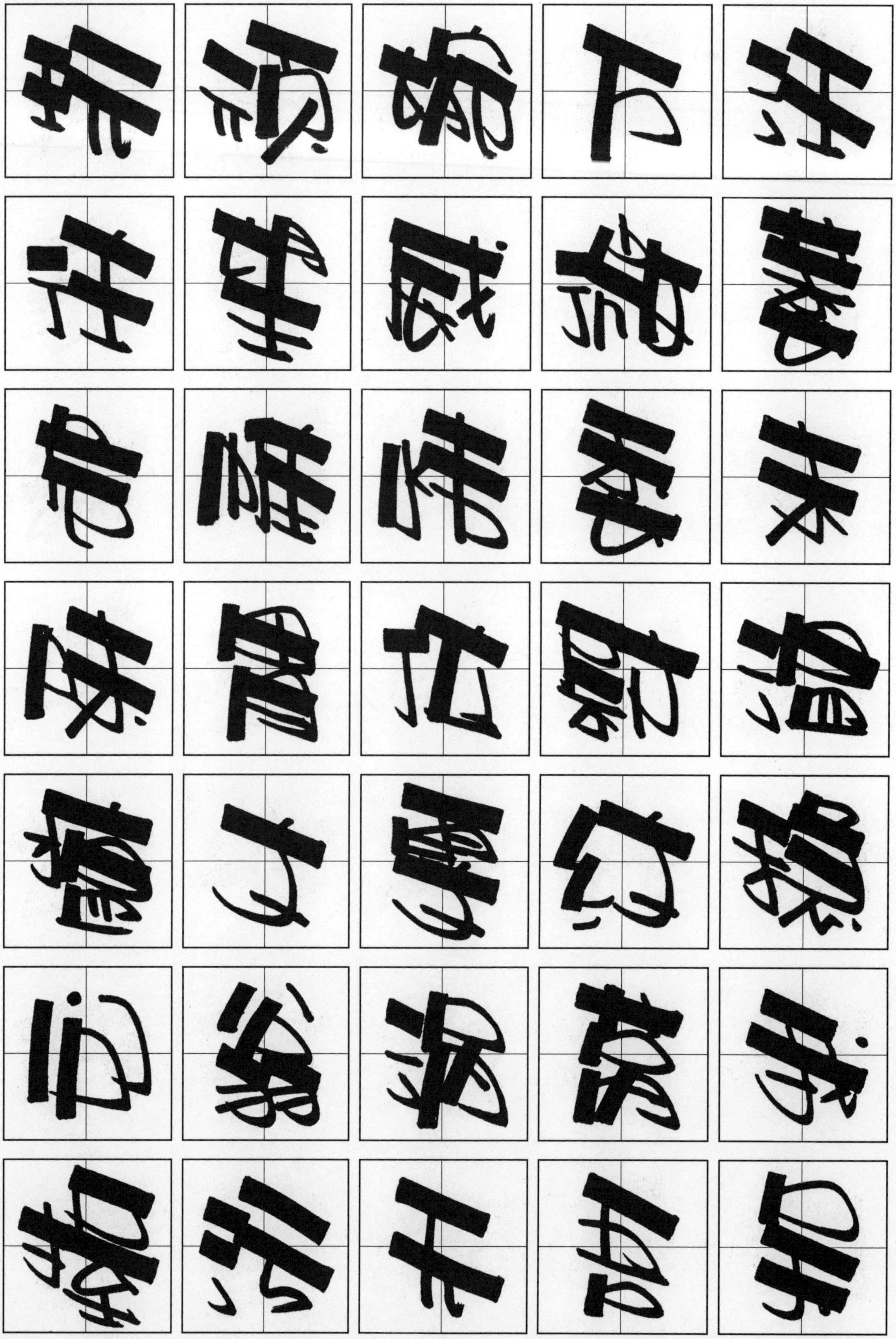

X

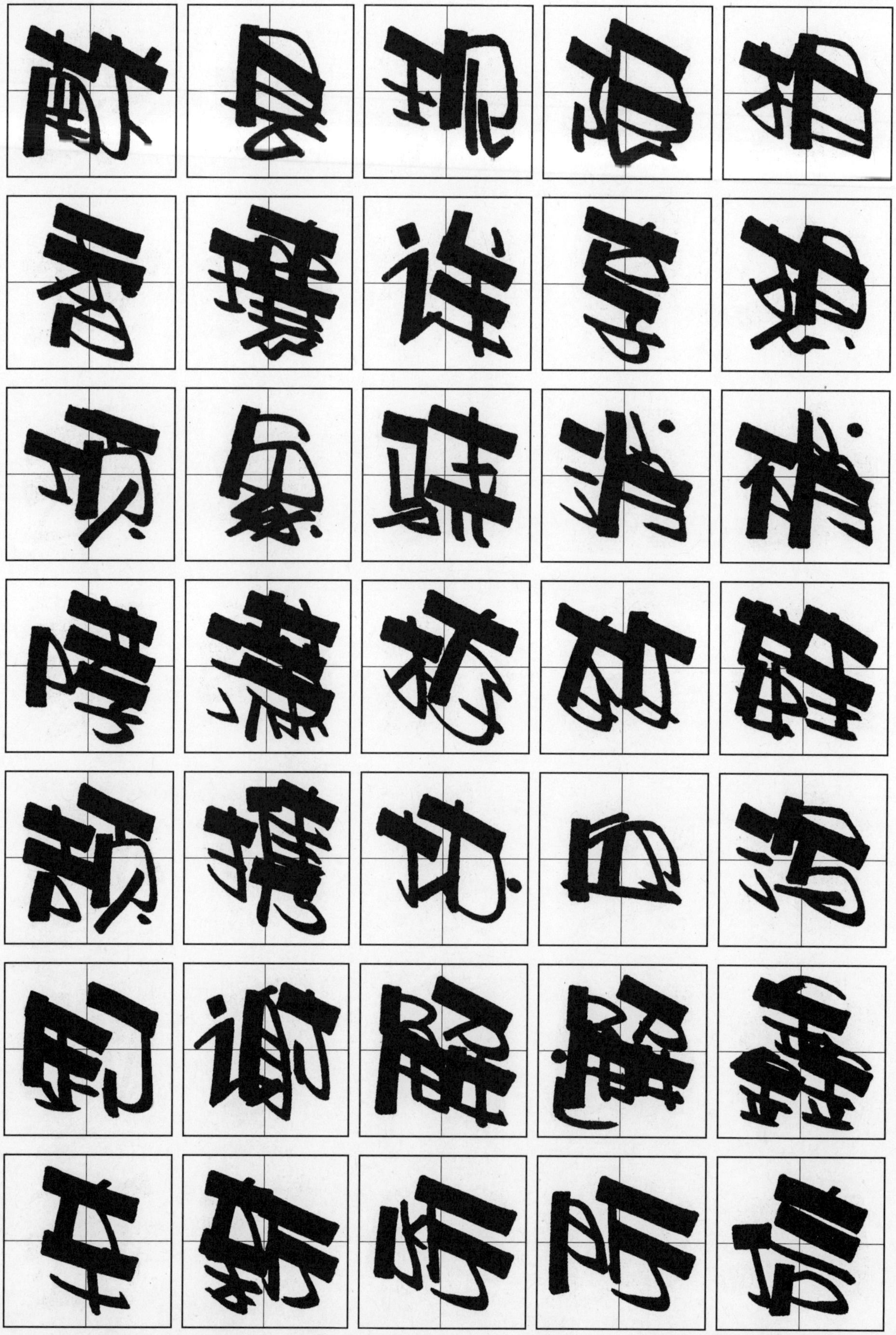

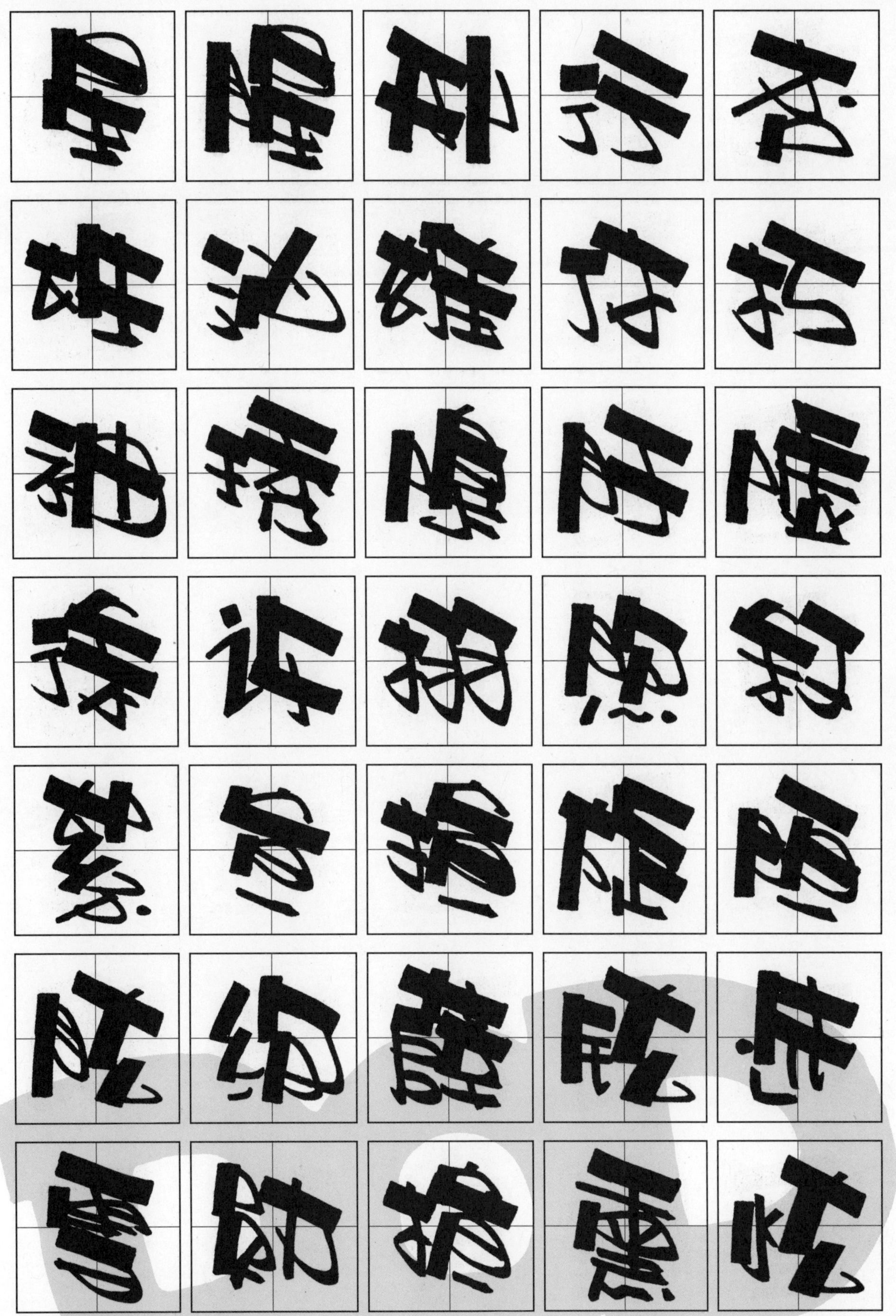

Y

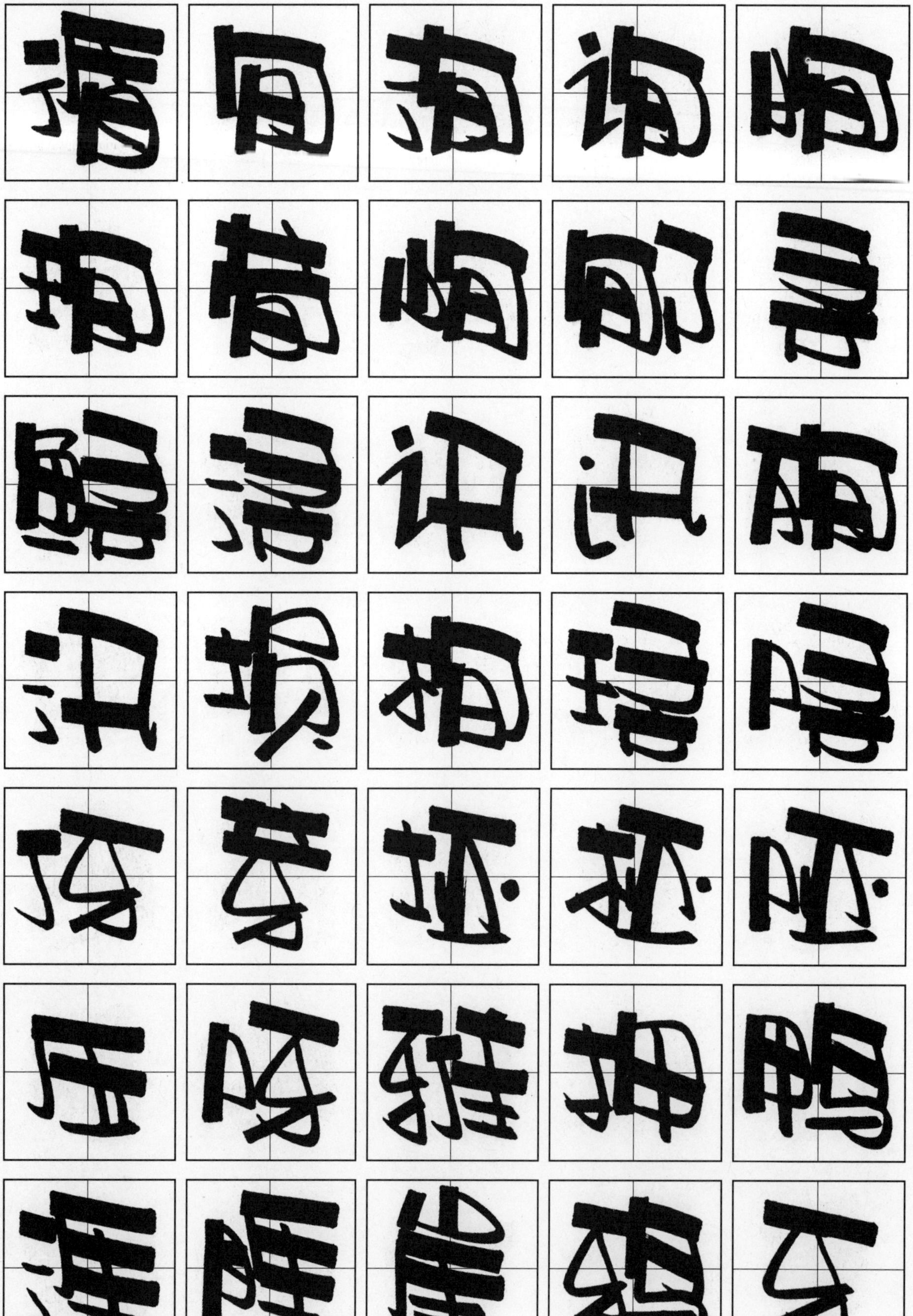

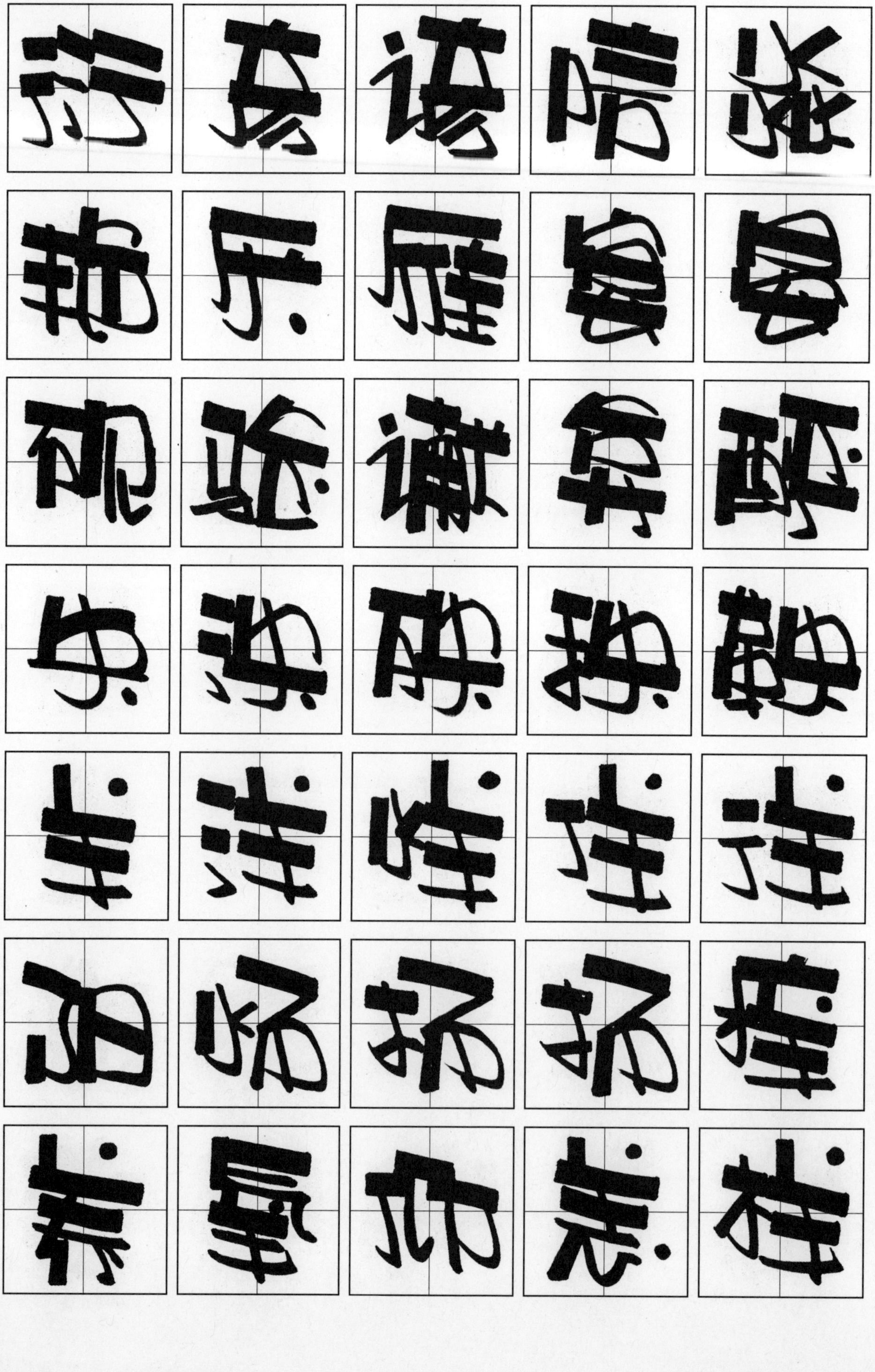

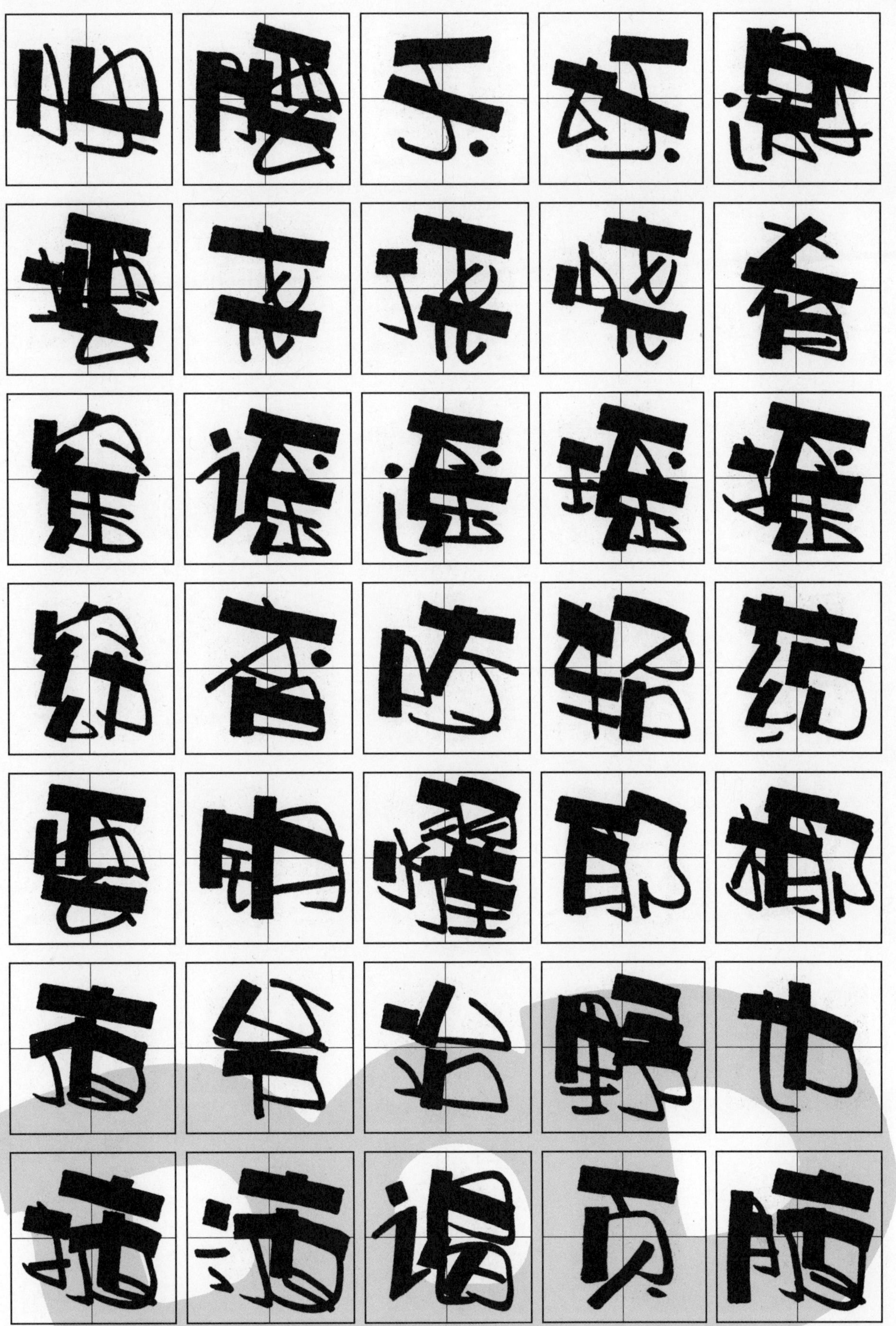

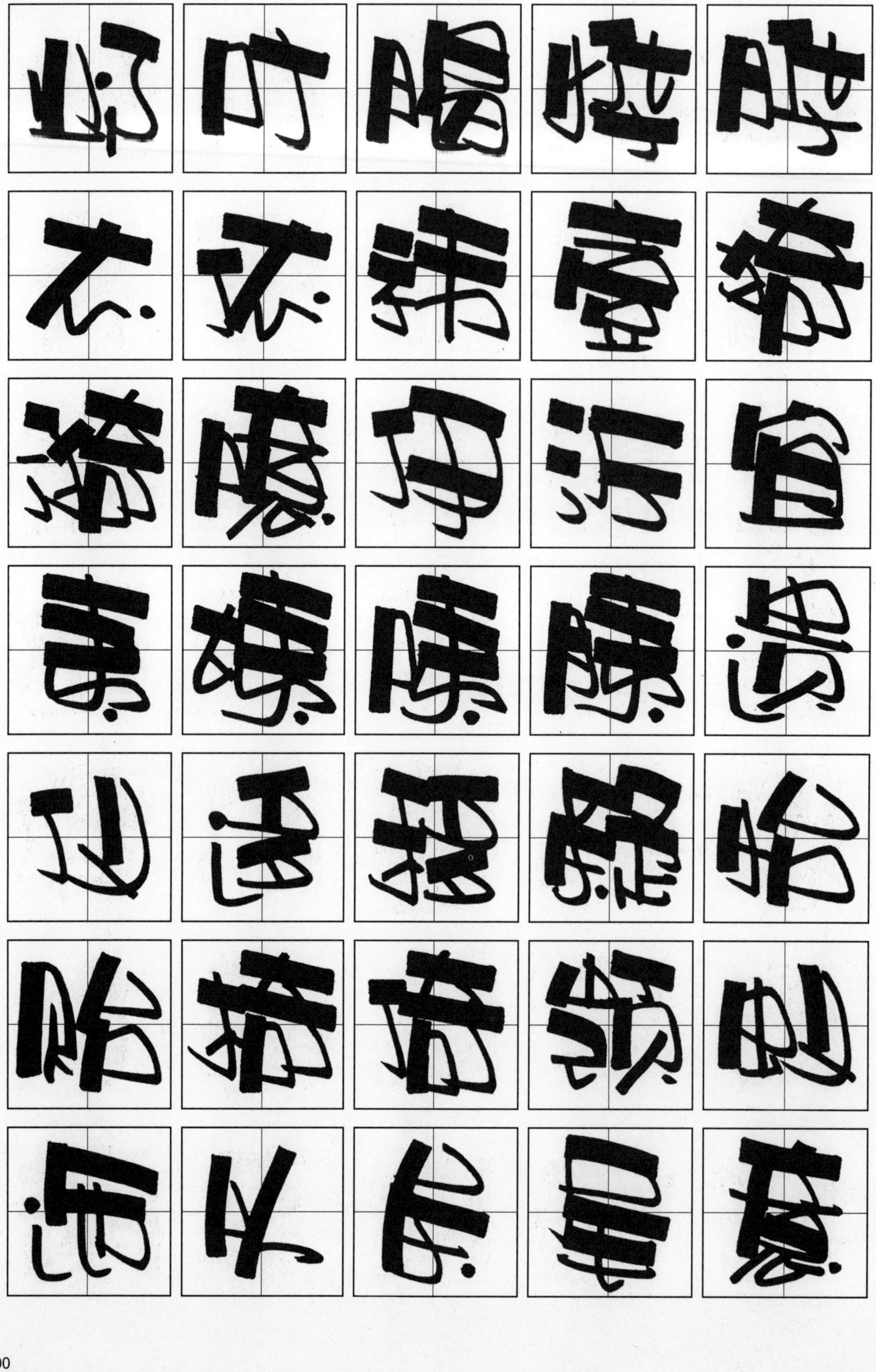

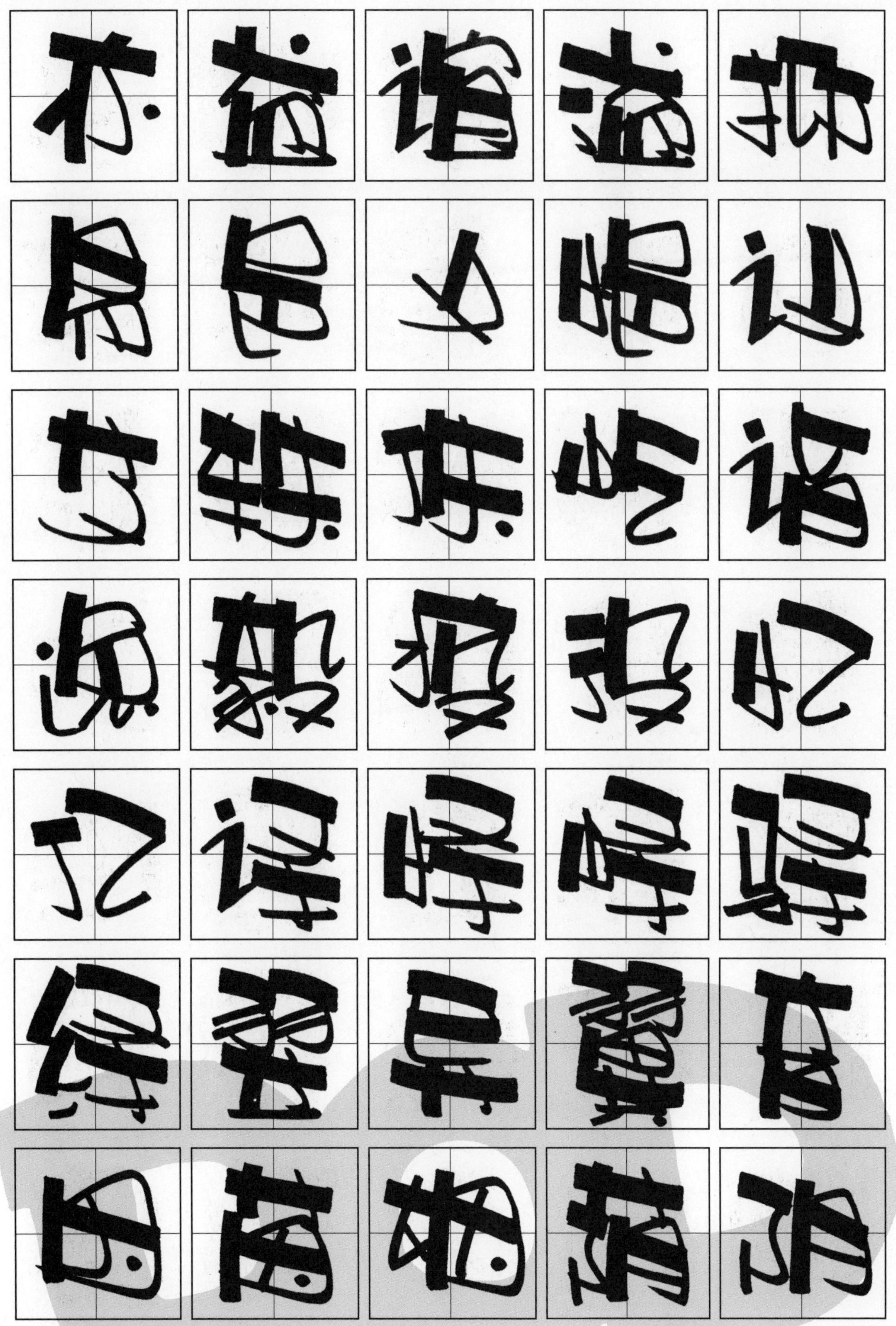

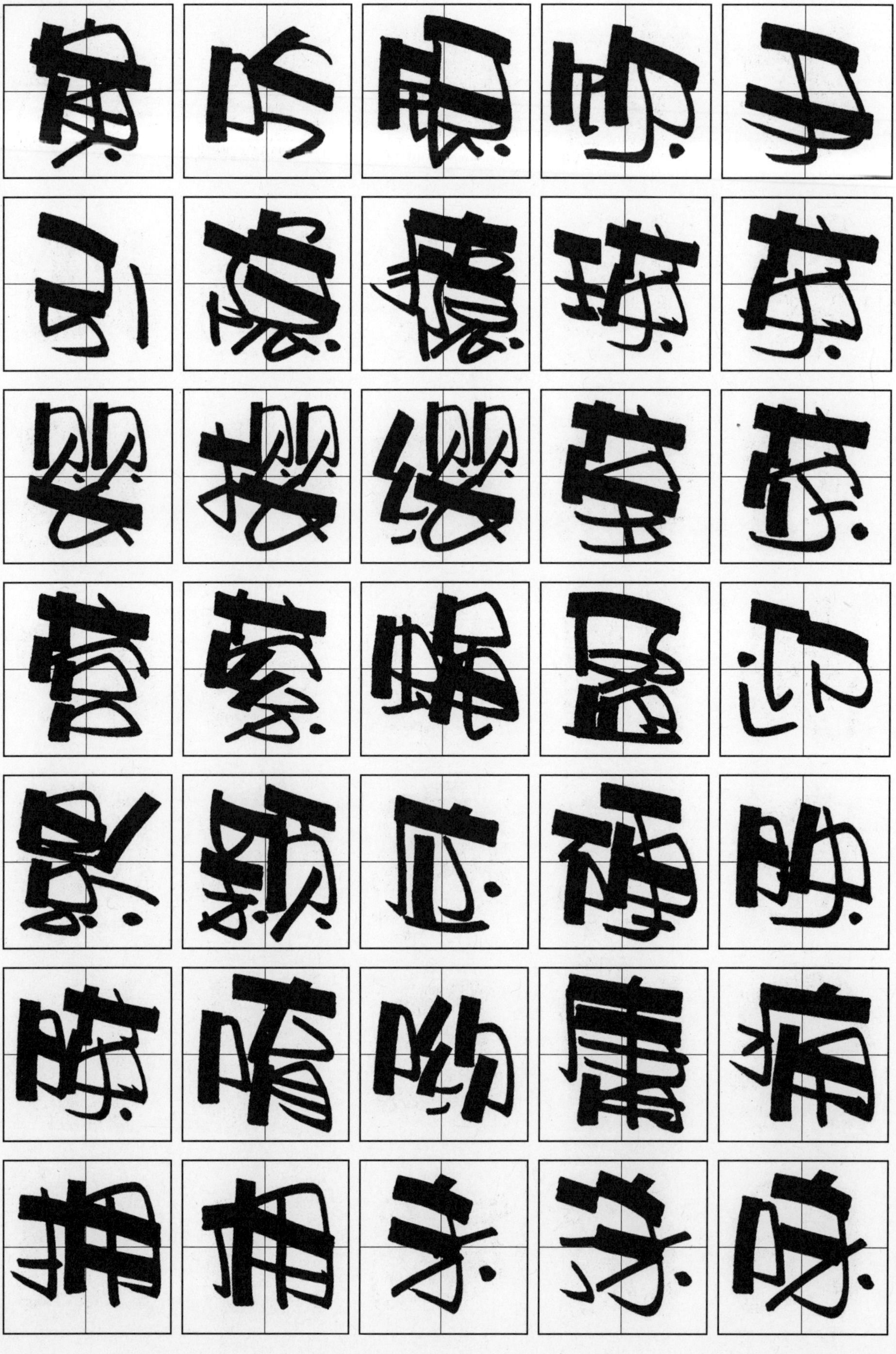

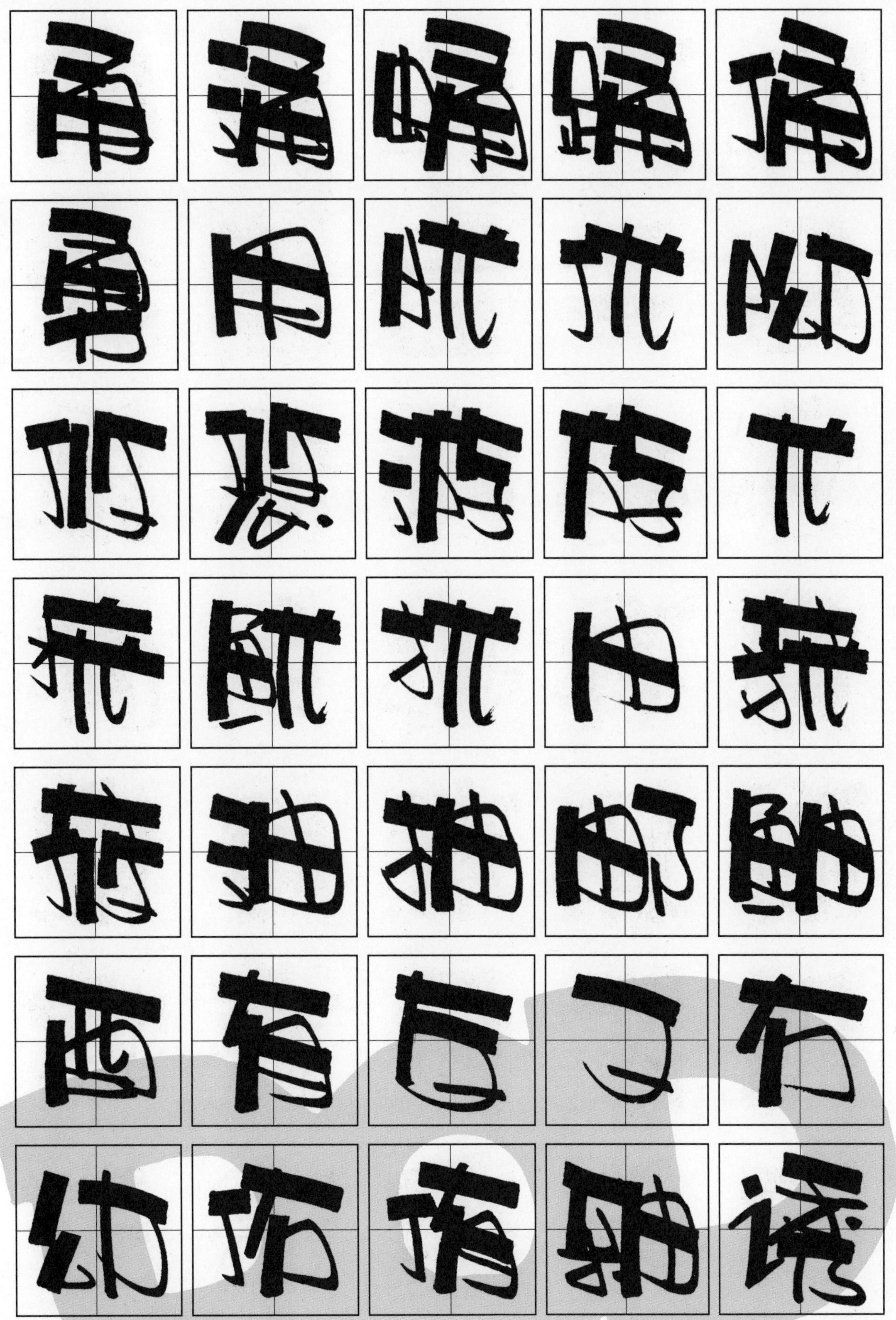

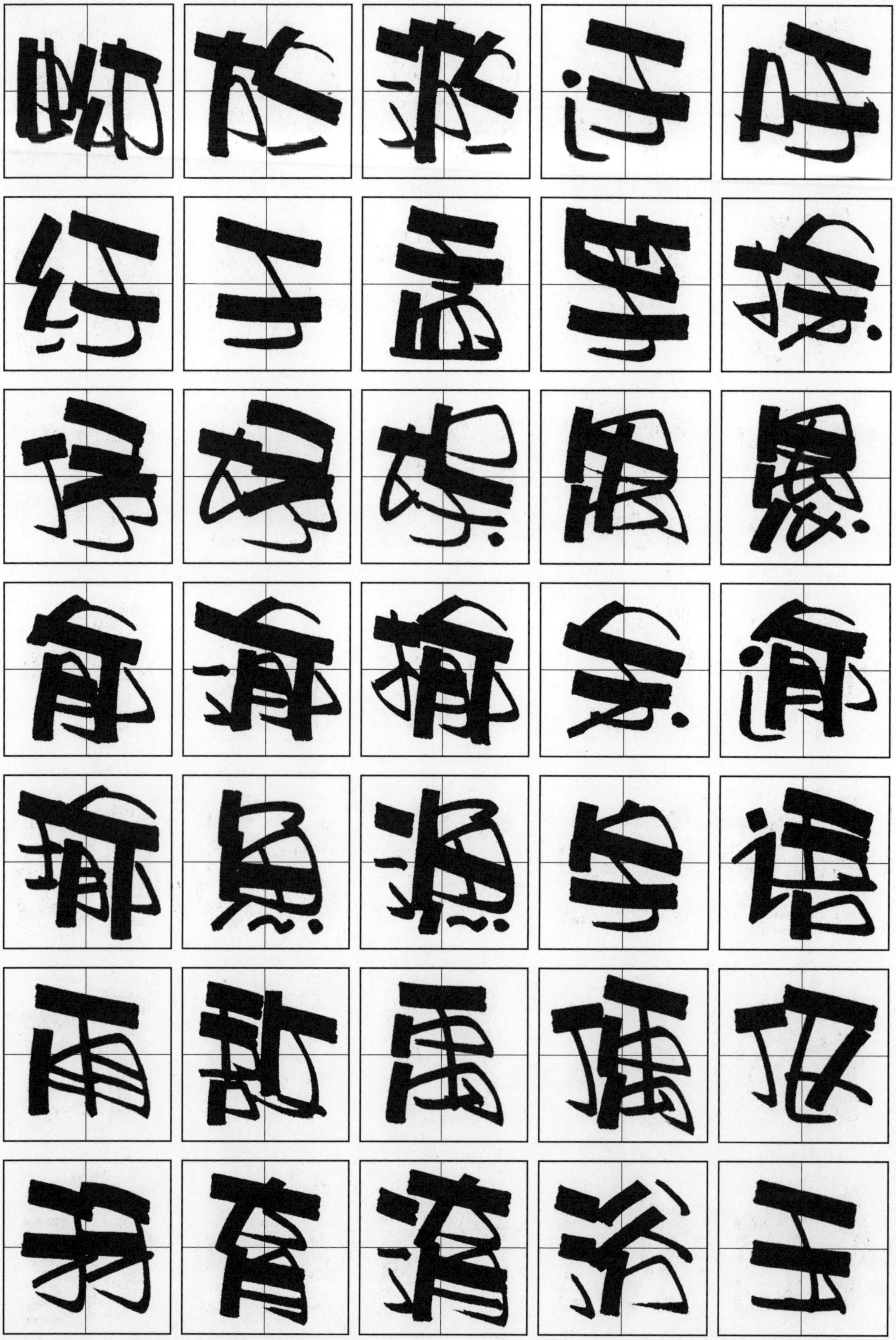

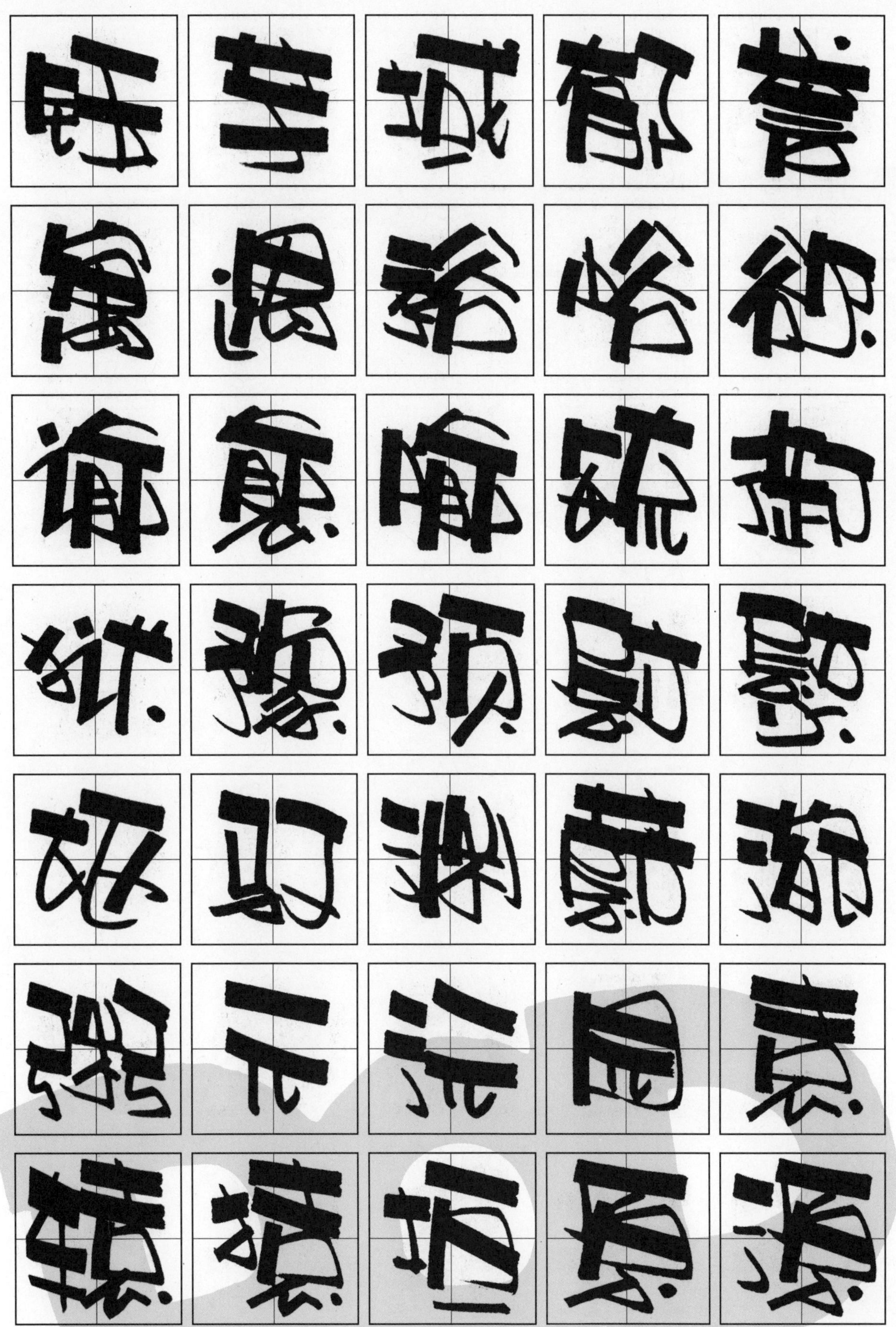

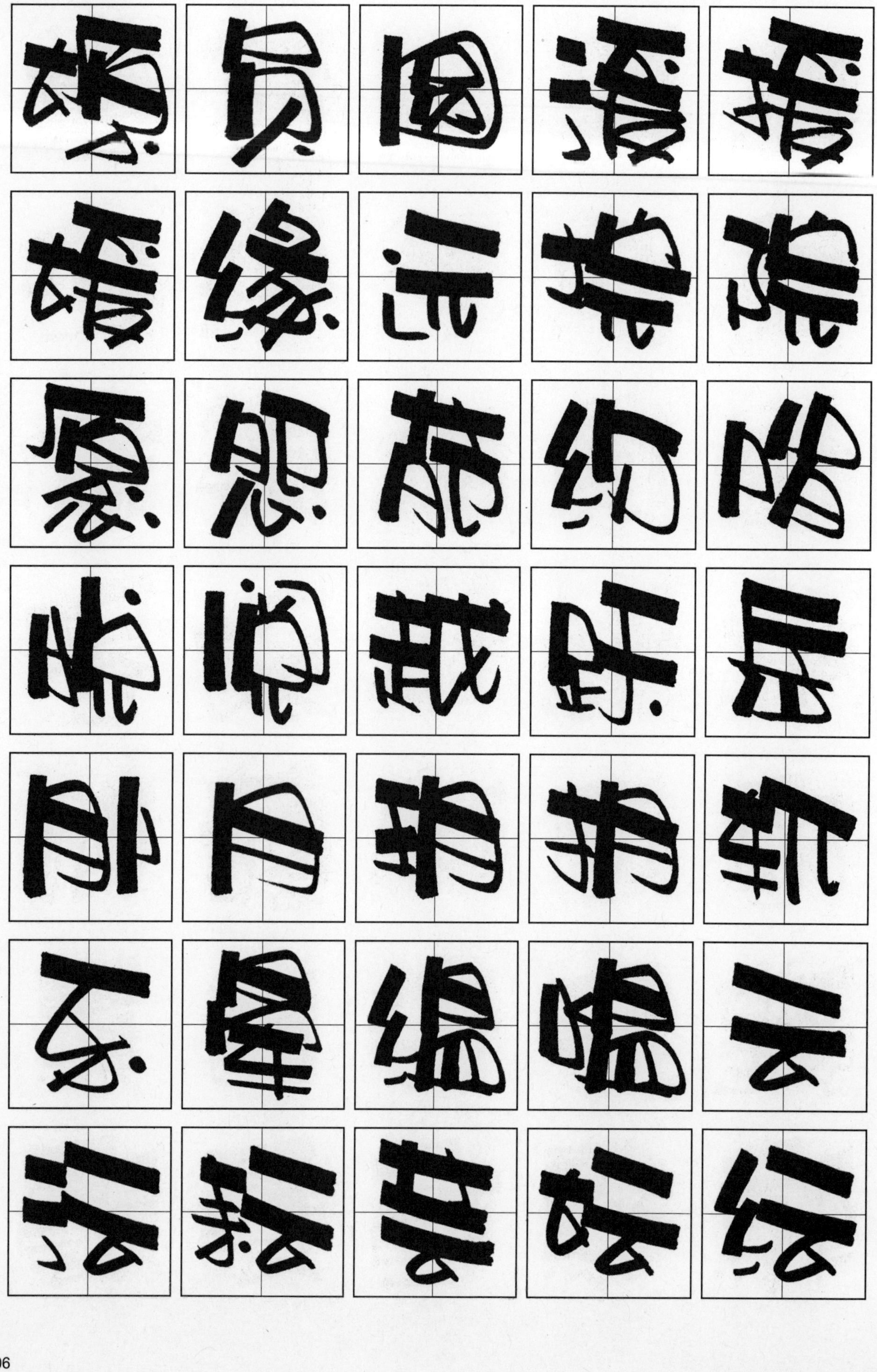

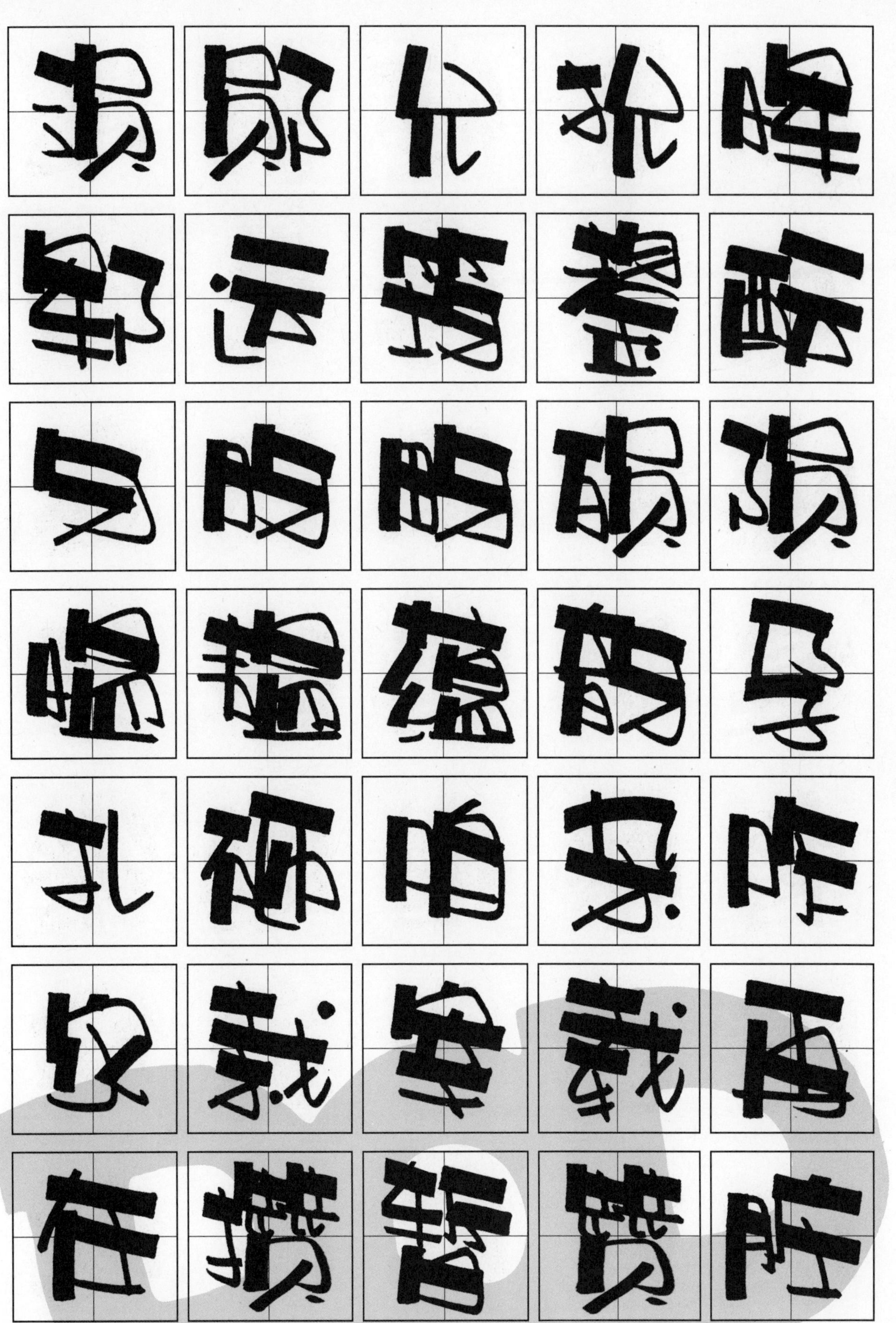

Z

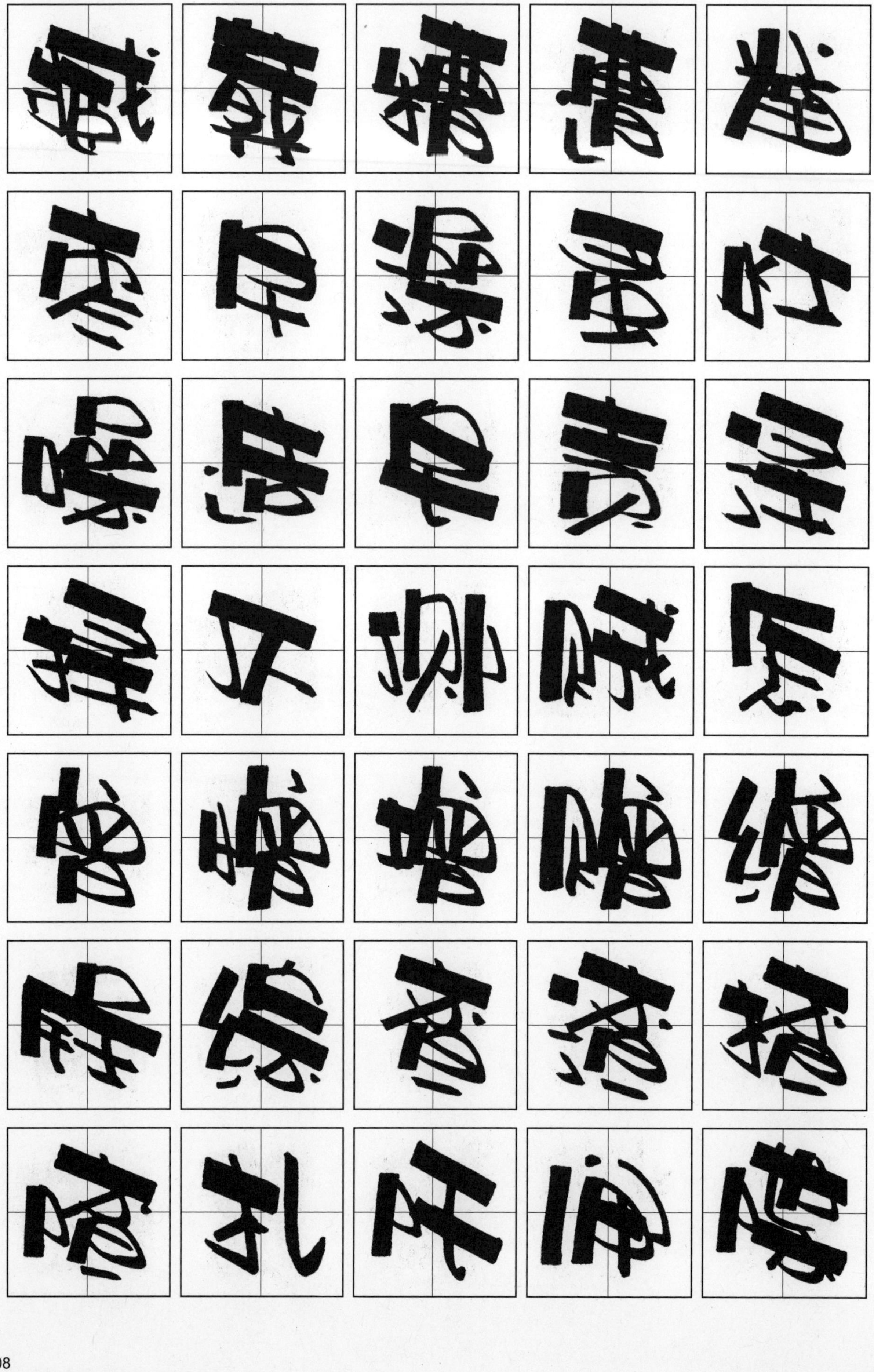

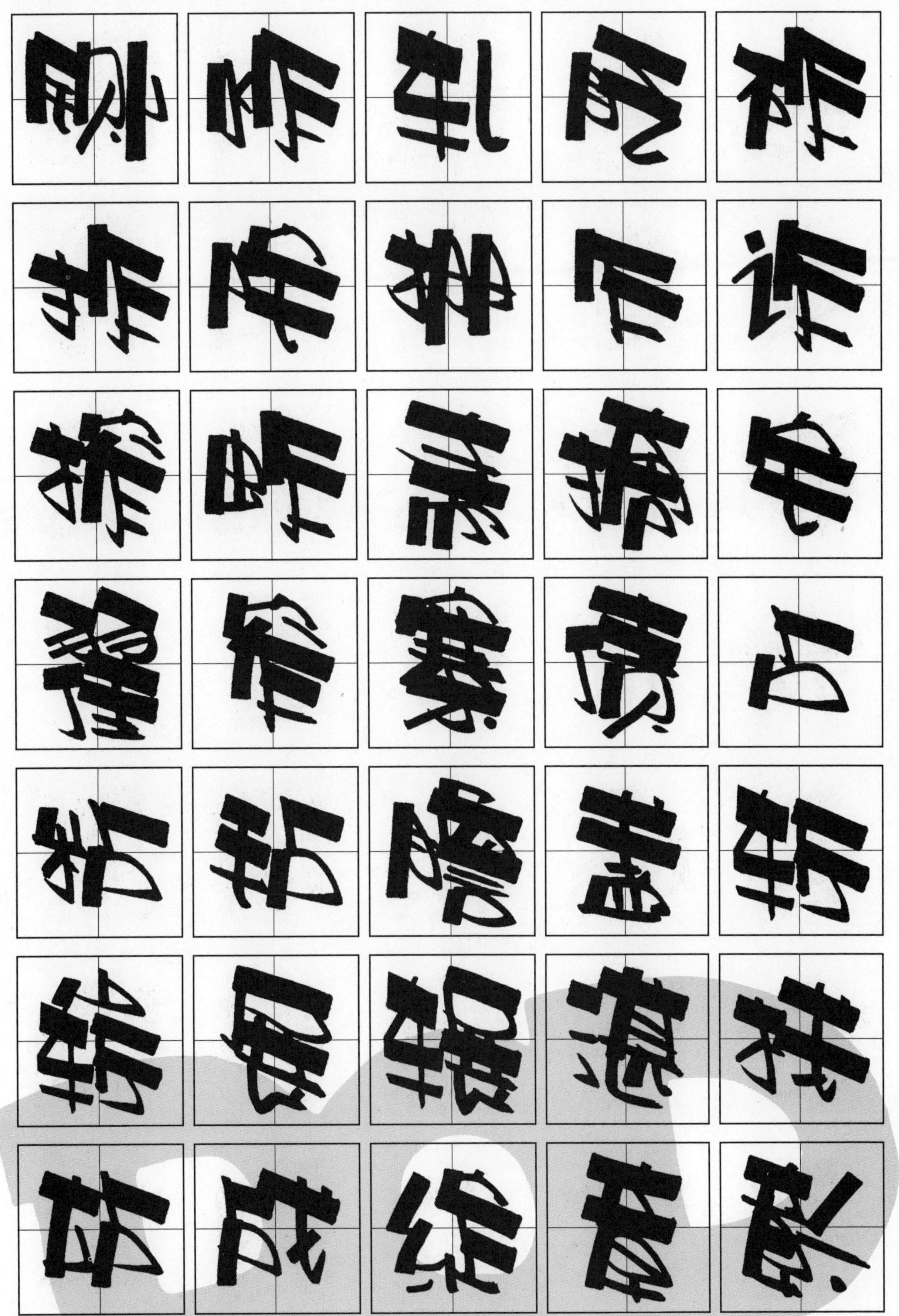

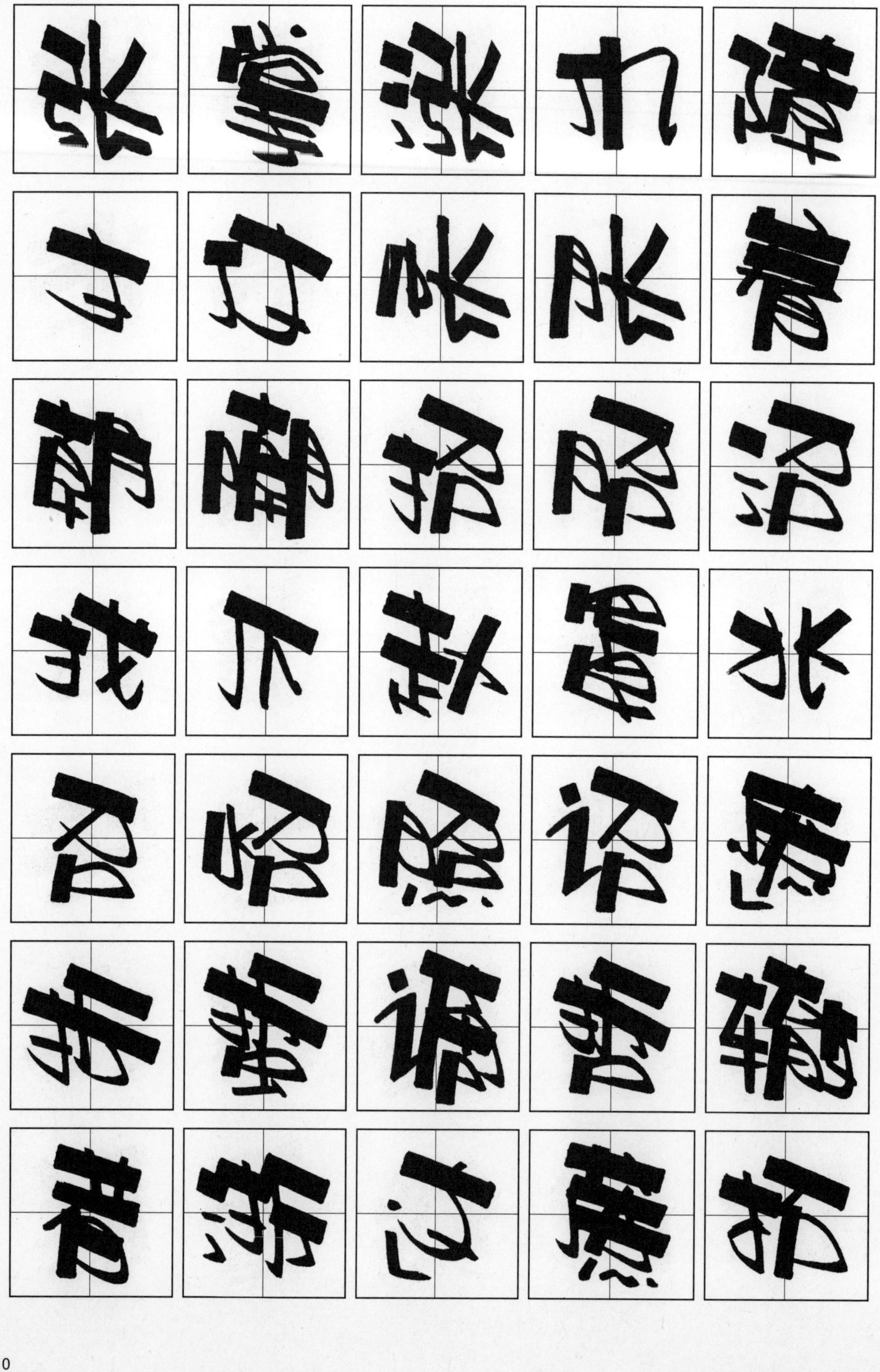

张	掌	涨	杖	障
丈	仗	帐	胀	章
朝	嘲	招	昭	沼
找	爪	赵	罩	兆
召	[illegible]	照	诏	肇
折	蜇	谪	哲	辙
者	浙	这	蔗	折

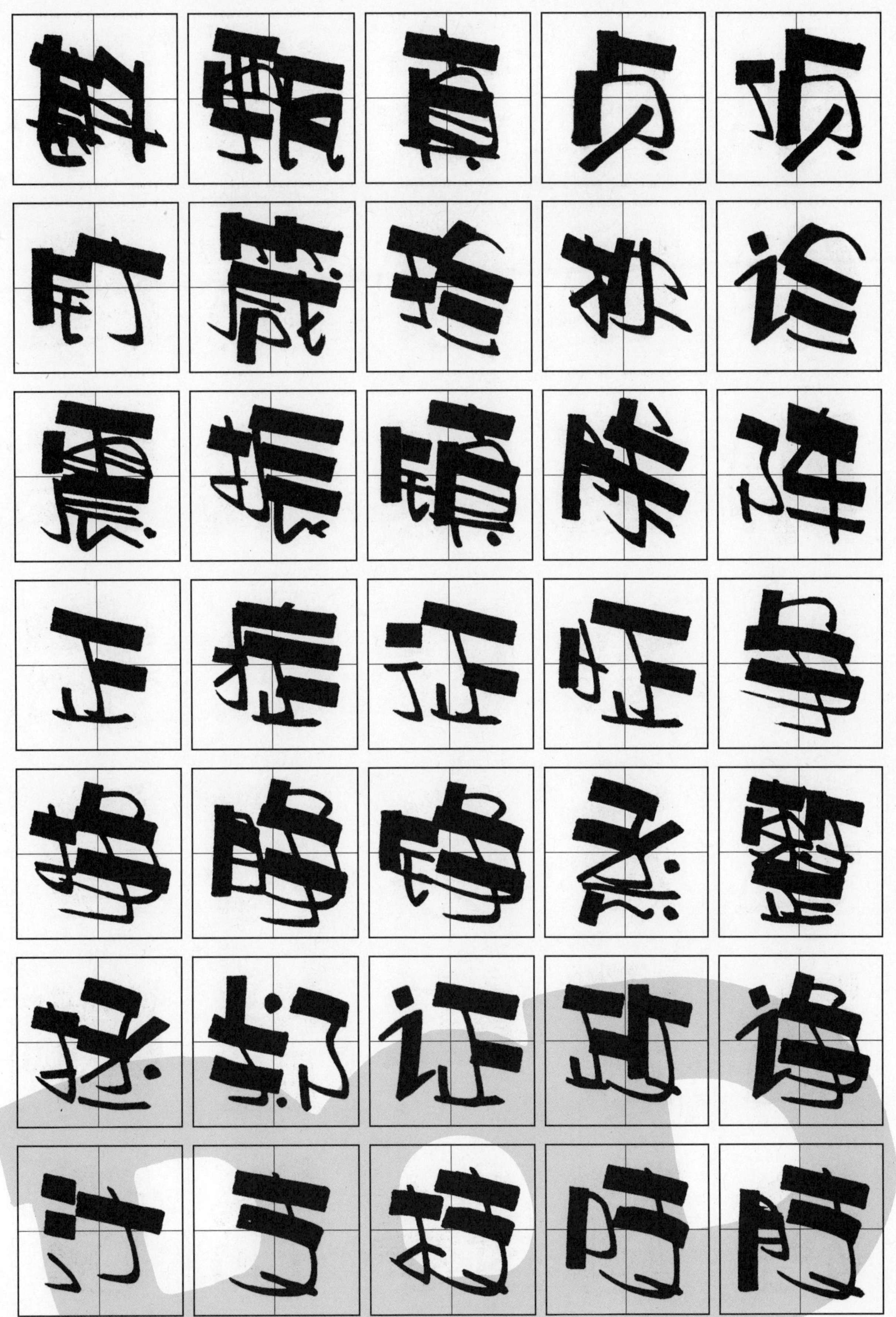

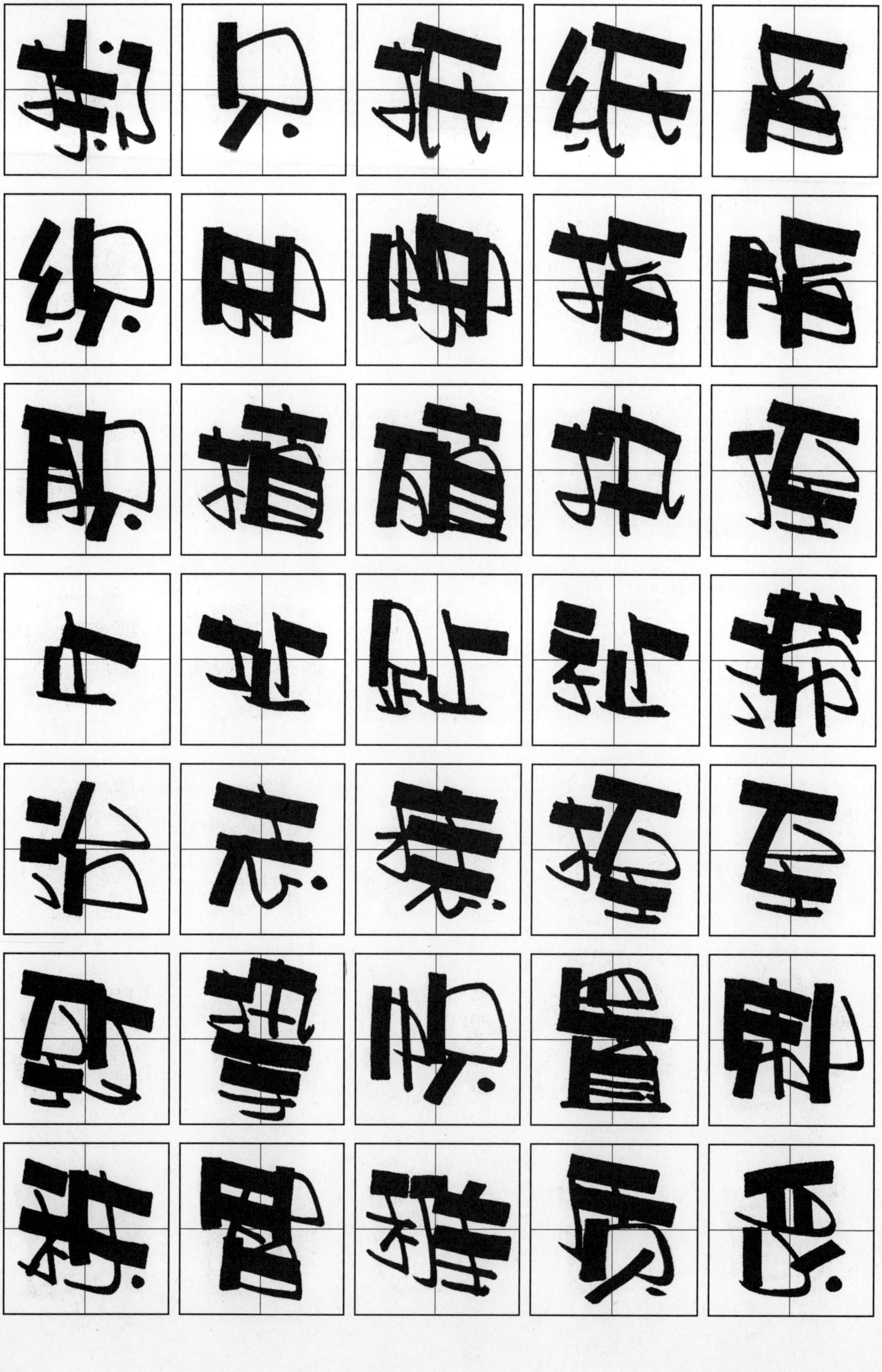

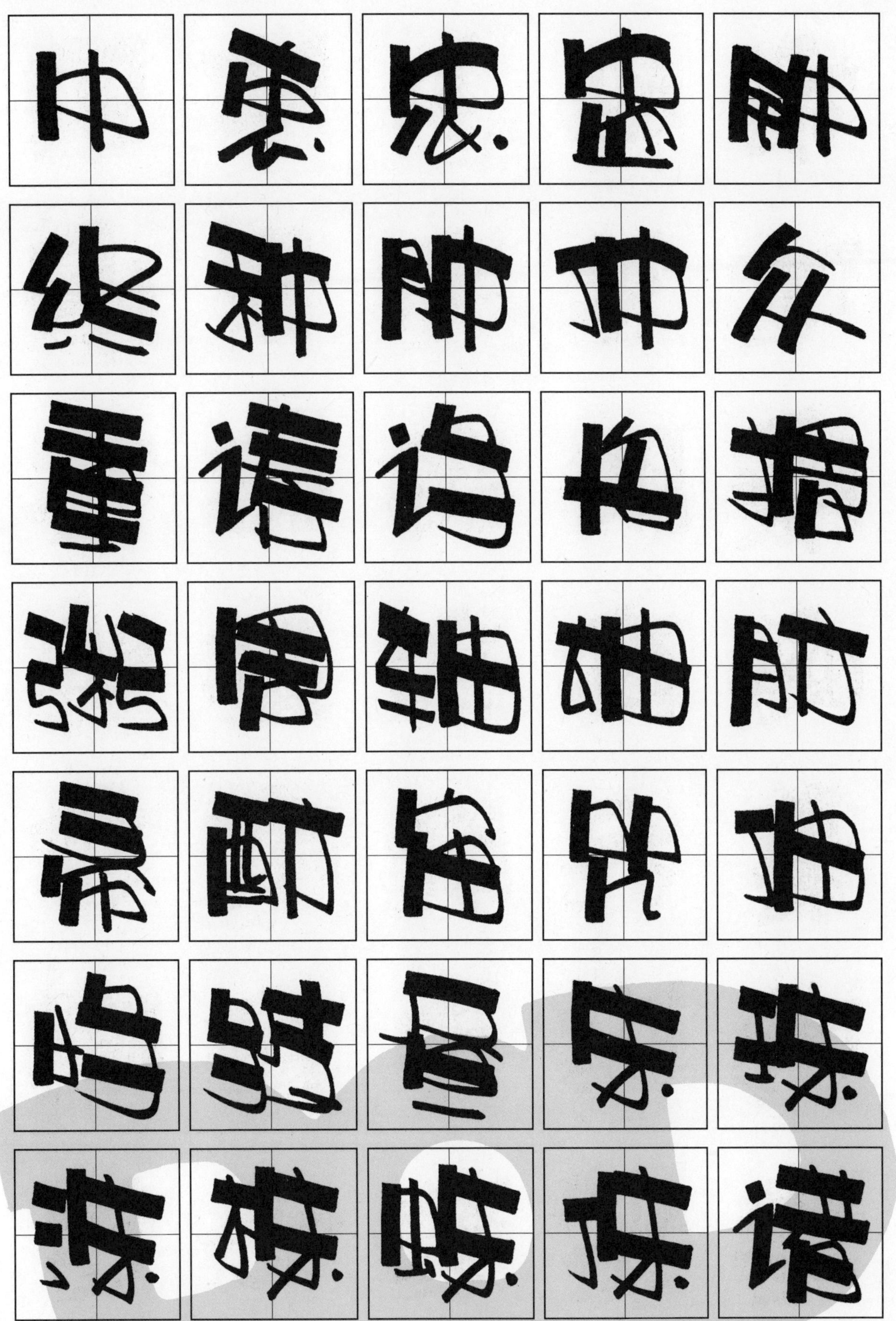

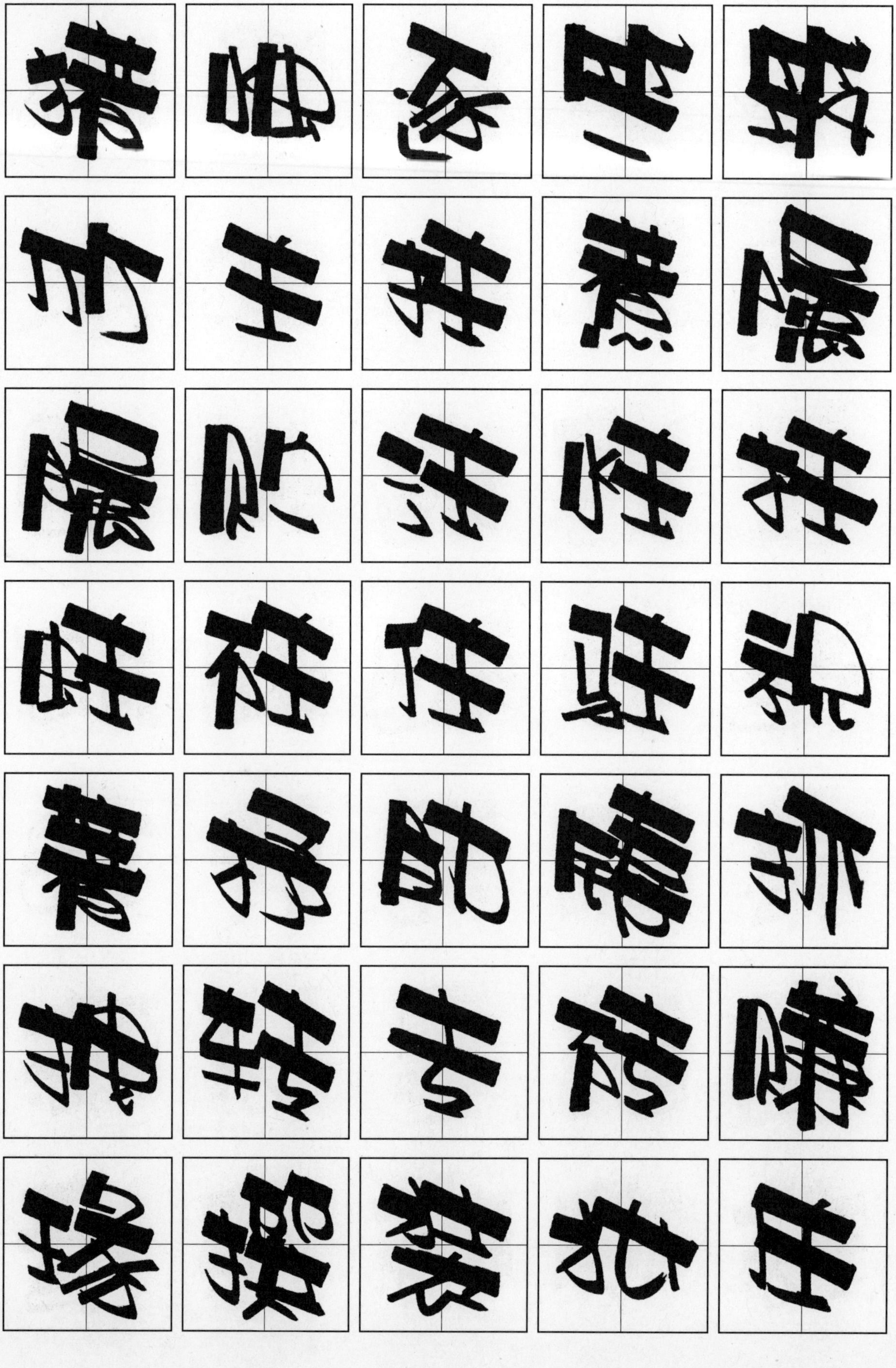

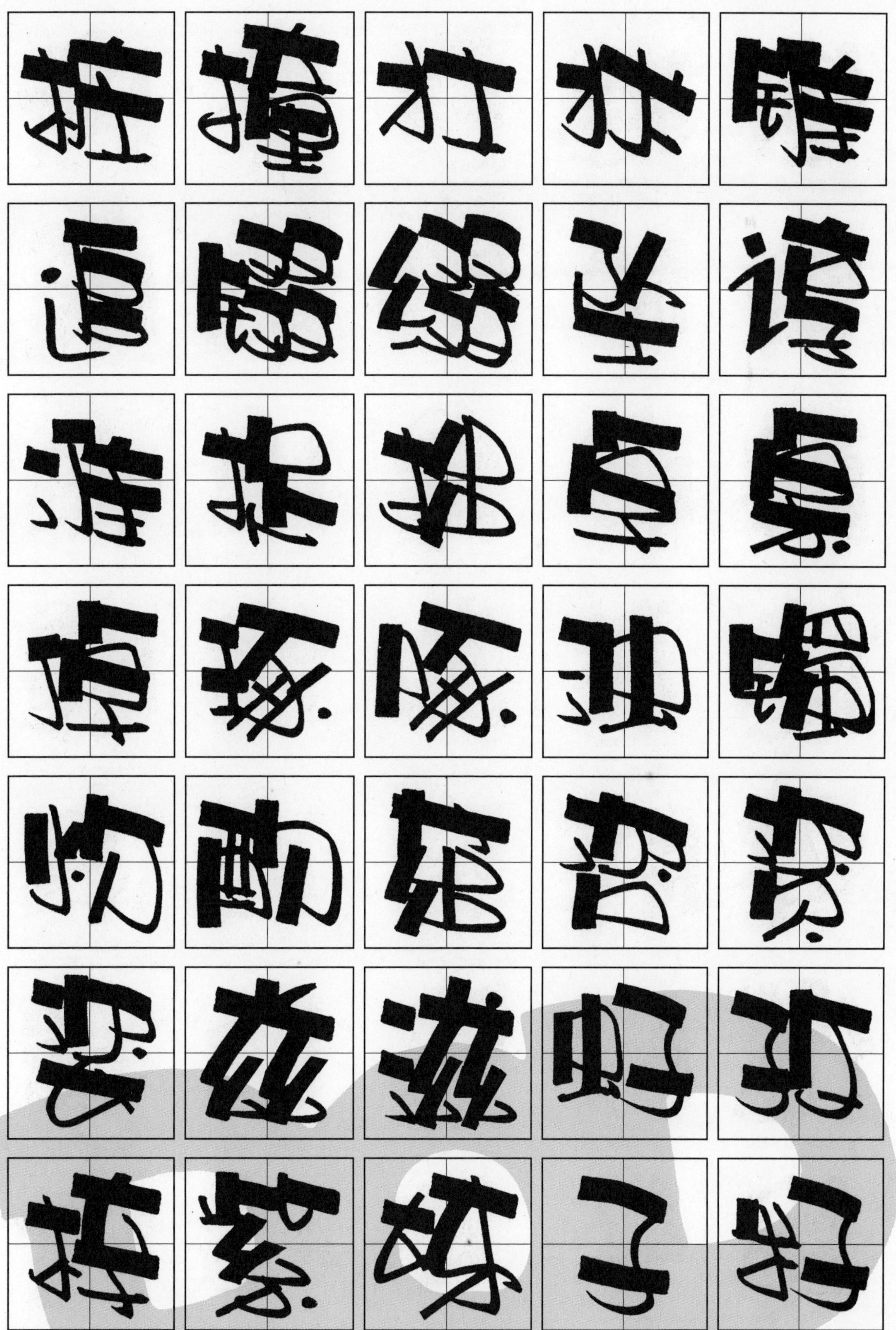

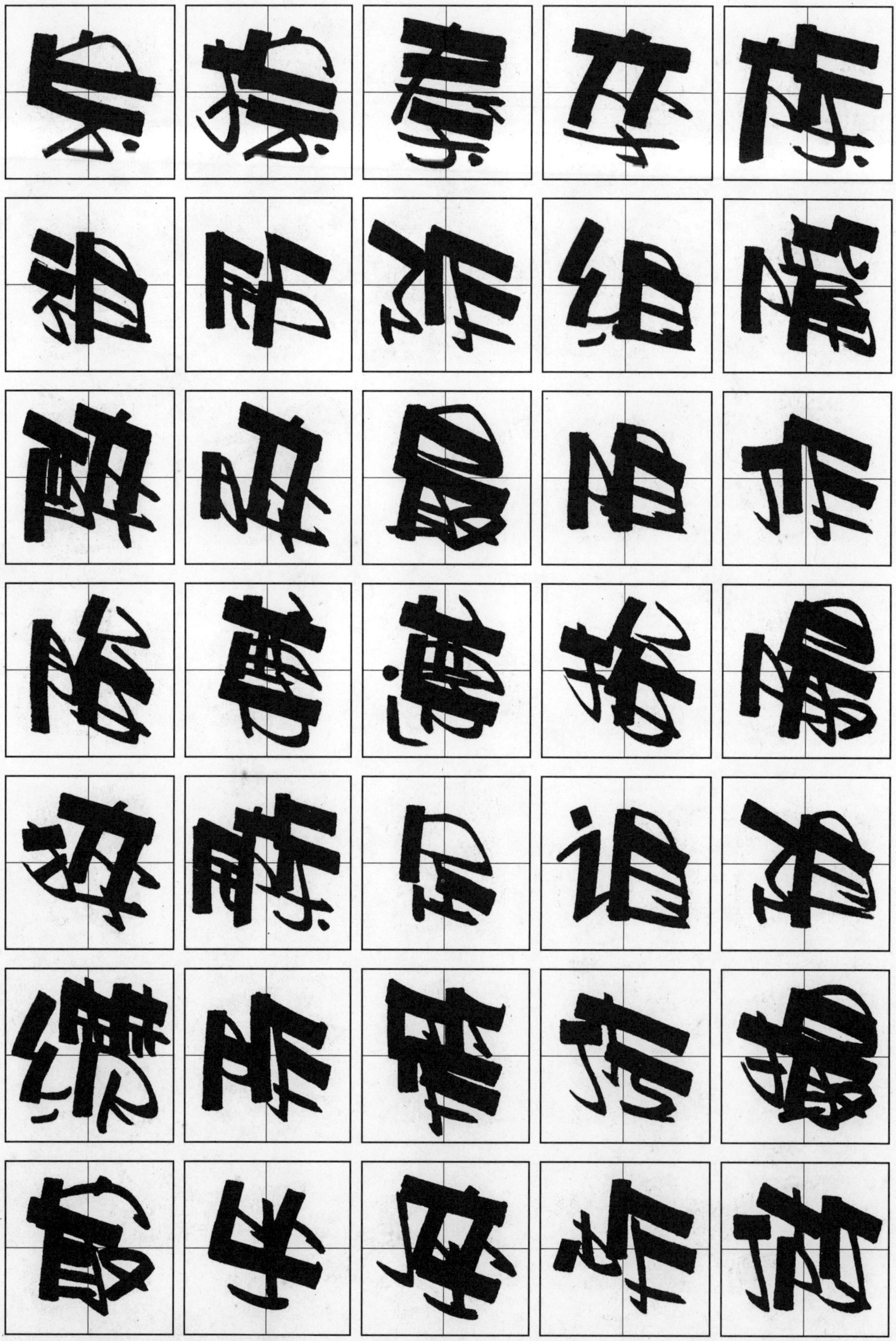